【中华国学经典精粹】

随园诗话

[清]袁枚 著

张洁 校点

北京联合出版公司
Beijing United Publishing Co.,Ltd

图书在版编目（CIP）数据

随园诗话 /（清）袁枚著；张洁校点. —北京：北京联合出版公司，2016.9（2023.5 重印）
（中华国学经典精粹）
ISBN 978-7-5502-8780-8

Ⅰ. ①随… Ⅱ. ①袁… ②张… Ⅲ. ①诗话–中国–古代 Ⅳ. ①I207.22

中国版本图书馆CIP数据核字（2016）第238759号

随园诗话
作　　者：袁　枚
选题策划：宿春礼
责任编辑：李　伟
封面设计：新纪元工作室
版式设计：新纪元工作室
责任校对：付玮婷

北京联合出版公司出版
（北京市西城区德外大街83号楼9层　100088）
三河市冀华印务有限公司　新华书店经销
字数：130千字　787毫米×1092毫米　1/32　5印张
2017年1月第1版　2023年5月第6次印刷
ISBN 978-7-5502-8780-8
定价：12.00元

前言

清代诗人袁枚（1716—1798），字子才，号简斋，晚年自号仓山居士、随园老人，世称随园先生。钱塘（今浙江杭州）人。乾隆四年（1739年）进士，授翰林院庶吉士。为官颇有政声，因仕途不顺，无意吏禄，遂辞官隐居于南京小仓山随园。吟咏其中，以著述终老，有《小仓山房诗集》《小仓山房文集》《小仓山房尺牍》《随园诗话》《随园食单》《子不语》等著作传世。

袁枚写诗主张抒写性情，倡导“性灵说”，为乾嘉时期代表诗人之一，与赵翼、蒋士铨合称为“乾嘉三大家”，又与赵翼、张问陶并称“乾嘉性灵派三大家”，为“清代骈文八大家”之一。文笔与大学士纪昀齐名，时称“南袁北纪”。蒋湘南《游艺录》说：“袁简斋独倡性灵之说，江南江北靡然从之。自荐绅先生下逮野叟方外，得其一字，荣过登龙，坛坫之局生面别开。”可见袁枚在清代的广泛影响。

《随园诗话》正编成书于乾隆五十五年（1790年），由毕沅等资助付梓。补遗则止于病故，成书于嘉庆年间。该书旨在倡导性灵说思想，反对沈德潜的格调说和翁方纲以考据为诗的风气。袁枚自评此书“中间抒自己之见解，发潜德之幽光，尚有可存”，钱锺书也评价说“往往直凑单微，隽谐可喜，不仅为当时之药石，亦足资后世之攻错”。本书强调创作主体必须具备真情、个性、诗才三方面要素。性灵说的真情论主张：一、真情乃诗人创作的首要条件，所谓“诗人者，不失其赤子之心也”，“赤子之心”即性灵、真情。二、真情是诗歌所表现的主要内容，所谓“自《三百篇》至今日，凡诗之传者，都是性灵，不关堆垛”。三、以真情感人是诗的主要审美功能，所谓“圣人称‘诗可以兴’，以其最易感人也”，此乃针砭沈德潜的“诗教”说。

《随园诗话》分条评述，有诗论，有记事，有录诗。书中所述诗、人、物、事，不拘时代、流派，不拘身份、性别，更有不少诗坛掌故、诗歌本事、诗人逸事的记载。其中闺秀之作甚多，此与其女弟子尤众有关。

诗须在涵泳间体会。袁枚的《随园诗话》叙事论述，时所吟咏，情趣亦在其中。

本书在编纂过程中，对诗话进行了精选，但因学识有限，难免有遗珠之憾，敬请读者批评指正。

目录

卷一…………………………… 001
卷二…………………………… 012
卷三…………………………… 023
卷四…………………………… 033
卷五…………………………… 042
卷六…………………………… 051
卷七…………………………… 058
卷八…………………………… 067
卷九…………………………… 072
卷十…………………………… 079
卷十一………………………… 086
卷十二………………………… 096
卷十三………………………… 102
卷十四………………………… 108
卷十五………………………… 112
卷十六…………………………117

补遗卷一………………………… 119
补遗卷二………………………… 123
补遗卷三………………………… 125
补遗卷四………………………… 128
补遗卷五………………………… 132
补遗卷六………………………… 135
补遗卷七………………………… 137
补遗卷八………………………… 140
补遗卷九………………………… 144
补遗卷十………………………… 149

卷一

一

古英雄未遇时，都无大志，非止邓禹希文学、马武望督邮也。晋文公有妻有马，不肯去齐。光武贫时，与李通讼逋租于严尤。尤奇而目之。光武归谓李通曰："严公宁目君耶？"窥其意，以得严君一盼为荣。韩蕲王为小卒时，相士言其日后封王。韩大怒，以为侮己，奋拳殴之。都是一般见解。鄂西林相公《辛丑元日》云："揽镜人将老，开门草未生。"《咏怀》云："看来四十犹如此，便到百年已可知。"皆作郎中时诗也。玩其词，若不料此后之出将入相者。及其为七省经略，《在金中丞席上》云："问心都是酬恩客，屈指谁为济世才？"《登甲秀楼》绝句云："炊烟卓午散轻丝，十万人家饭熟时。问讯何年招济火，斜阳满树武乡祠。"居然以武侯自命，皆与未得志时气象迥异。张桐城相公则自翰林至作首相，诗皆一格。最清妙者："柳阴春水曲，花外暮山多。""叶底花开人不见，一双蝴蝶已先知。""临水种花知有意，一枝化作两枝看。"《扈跸》云："谁怜七十龙钟叟，骑马踏冰星满天？"《和皇上〈风筝〉》云："九霄日近增华色，四野风多仗宝绳。"押"绳"字韵，寄托遥深。

二

杨诚斋曰："从来天分低拙之人，好谈格调，而不解风趣。何也？格调是空架子，有腔口易描；风趣专写性灵，非天才不办。"余深爱其言。须知有性情，便有格律；格律不在性情外。《三百篇》半是劳人思妇率意言情之事；谁为之格，谁为之律？而今之谈格调者，能出其范围否？况皋、禹之歌，不同乎《三百篇》；《国风》之格，不同乎《雅》《颂》：格岂有一定哉？许浑云："吟诗好似成仙骨，骨里无诗莫浪吟。"诗在骨不在格也。

三

前明门户之习，不止朝廷也，于诗亦然。当其盛时，高、杨、张、徐，各自成家，毫无门户。一传而为七子；再传而为钟、谭，为公安；又再传而为虞山：率皆攻排诋呵，自树一帜，殊可笑也。凡人各有得力处，各有乖谬处；总要平心静气，存其是而去其非。试思七子、钟、谭，若无当日之盛名，则虞山选《列朝诗》时，方将搜索于荒村寂寞之乡，得半句片言以传其人矣。敌必当王，射先中马：皆好名者之累也！

四

于耐圃相公构蔬香阁，种菜数畦，题一联云："今日正宜知此味；当年曾自咬其根。"鄂西林相公亦有菜圃对联云："此味易知，但须绿野秋来种；对他有愧，只恐苍生面色多。"两人都用真西山语；而胸襟气象，却迥不侔。

五

落第诗，唐人极多。本朝程鱼门云："也应有泪流知己，只觉无颜对俗人。"陈梅岑云："得原有命他休问，壮不如人后可知。"家香亭云："共说文章原有价，若论侥幸岂无人？"又云："愁看僮仆凄凉色，怕读亲朋慰藉书。"王菊庄云："亲朋共怅登程日，乡里先传下第名。"皆可与唐人颉颃。然读姚武功云："须凿燕然山上石，《登科记》里是闲名。"则爽然若失矣。读唐青臣云："不第远归来，妻子色不喜。黄犬恰有情，当门卧摇尾。"则吃吃笑不休矣！其他如："不辞更写公卿卷，恰是难修骨肉书。""失意雅不惬，见花如见仇。路逢白面郎，醉簪花满头。""枉坐公车行万里，譬如闲看华山来。""乡连南渡思菰米，泪滴东风避杏花。"俱妙。

六

余作诗，雅不喜叠韵、和韵及用古人韵。以为诗写性情，惟吾所适。一韵中有千百字，凭吾所选，尚有用定后不慊意而别改者；何得以一二韵约束为之？既约束，则不得不凑拍；既凑拍，安得有性情哉？《庄子》曰："忘足，履之适也。"余亦曰：忘韵，诗之适也。

七

常州赵仁叔有一联云："蝶来风有致，人去月无聊。"仁叔一生，只传此二句。某《拟古》云："莫作江上舟，莫作江上月。舟载人别离，月照人离别。"其人一生，所传亦只此四句。金圣叹好批小说，人多薄之；然其《宿野庙》一绝云："众响渐已寂，虫于佛面飞。半窗关夜雨，四壁挂僧衣。"殊清绝。孔东堂演《桃花扇》曲本，有诗集若干，佳句云："船冲宿鹭排樯起，灯引秋蚊入帐飞。"其他首未能称是。

八

嵩亭上人《题活埋庵》云："谁把庵名号'活埋'？令人千古费疑猜。我今岂是轻生者？只为从前死过来。"周道士鹤雏有句云："大道得从心死后，此身误在我生前。"两诗于禅理俱有所得。

九

尹文端公总督江南，年才三十，人呼"小尹"。海宁诗人杨守知，字次也，康熙庚辰进士。以道员诖误，候补南河，年七十矣。尹知为老名士，所以奖慰之者甚厚。杨喜，自指其鬓叹曰："蒙公盛意，惜守知老矣！'夕阳无限好，只是近黄昏。'"公应声曰："不然！君独不闻'天意怜幽草，人间重晚晴'乎？"杨骇然，出语人曰："不谓小尹少年科甲，竟能吐属风流。"

十

以昌黎之崛强，宜鄙俳体矣；而《滕王阁序》曰："得附三王之末，有荣耀焉。"以杜少陵之博大，宜薄初唐矣，而诗曰："王、杨、卢、骆当时体，不废江河万古流。"以黄山谷之奥峭，宜薄西昆矣，而诗云："元之如砥柱，大年若霜鹄。王、杨立本朝，与世作郛郭。"今人未窥韩、柳门户，而先扫六朝；未得李、杜皮毛，而已轻温、李：何蜉蝣之多也！

一一

“怀仁辅义天下悦，阿谀顺旨要领绝。”子陵语也。“崇山幽都何可偶，黄钺一下无处所。”光武语也。两人同学，故言语相同，皆七古中硬句。

一二

古无类书，无志书，又无字汇；故《三都》《两京》赋，言木则若干，言鸟则若干，必待搜辑群书，广采风土，然后成文。果能才藻富艳，便倾动一时。洛阳所以纸贵者，直是家置一本，当类书、郡志读耳；故成之亦须十年、五年。今类书、字汇，无所不备；使左思生于今日，必不作此种赋。即作之，不过翻摘故纸，一二日可成。可抄诵之者，亦无有也。今人作诗赋，而好用杂事僻韵，以多为贵者，误矣！

一三

“乐府”二字，是官监之名，见霍光、张放两传。其《君马黄》《临高台》等乐章，久矣失传。盖因乐府传写，大字为辞，细字为声，声词合写，易至舛误。是以曹魏改《将进酒》为《平关中》，《上之回》为《克官渡》，共十二曲，并不袭汉。晋人改《思悲翁》为《宣受命》，《朱鹭》为《灵之祥》，共十二曲，亦不袭魏。唐太白、长吉知之，故仍其本名，而自作己诗。少陵、张、王、元、白知之，故自作己诗，而创为新乐府。元稹序杜诗，言之甚详。郑樵亦言：“今之乐府，崔豹以义说名，吴兢以事解目，与诗之失传一也。《将进酒》而李余乃序烈女，《出门行》而刘猛不言别离，《秋胡行》而武帝云‘晨上散关山，此道当何难’：皆与题无涉。”今人犹贸贸然抱《乐府解题》为秘本，而字摹句仿之，如画鬼魅，凿空无据；且必置之卷首，以撑门面，犹之自标门阀，称乃祖乃宗绝大官衔，而不知其与己无干也。

一四

《左氏》：郑伯享赵孟于垂陇，七子赋诗。伯有赋《鹑奔》。赵孟斥之曰：“床笫之言不逾阈，非使人之所闻也。”然则其他之赋《野有蔓草》、《有女同车》及《萚兮》者，其非淫奔之诗，明矣。

一五

《文选》诗，有五韵、七韵者，李德裕所谓“意尽而止，成篇不拘于只偶”也。

一六

宋人《雪》诗：“待伴不嫌鸳瓦冷，羞明常怯玉钩斜。”已新矣。郑所南《雪》诗：“拇战素手白相敌，酒潮上脸红不鲜。”更新。萧德藻《梅花》诗：“湘妃危立冻蛟背，海月冷挂珊瑚枝。”已新矣。徐巢友《梅》诗：“过墙新水滴眠鹤，压屋冷云眠定僧。”更新。

一七

《三余编》言：“诗家使事，不可太泥。”白傅《长恨歌》：“峨嵋山下少人行。”明皇幸蜀，不过峨嵋。谢宣城诗：“澄江净如练。”宣城去江百余里，县治左右无江。相如《上林赋》：“八川分流。”长安无八川。严冬友曰：“西汉时，长安原有八川，谓：泾、渭、灞、浐、沣、滈、潦、潏也；至宋时则无矣。”

一八

人称才大者，如万里黄河，与泥沙俱下。余以为：此粗才，非大才也。大才如海水接天，波涛浴日，所见皆金银宫阙，奇花异草，安得有泥沙污人眼界耶？或曰：“诗有大家，有名家。大家不嫌庞杂，名家必选字酌句。”余道：作者自命当作名家，而使后人置我于大家之中；不可自命为大家，而转使后人屏我于名家之外。尝规蒋心余太史云：“君切莫老手颓唐，才人胆大也。”心余以为然。

一九

凡神庙扁对，难其用成语而有味。或造仓颉庙，求扁。侯明经嘉缙，提笔书“始制文字”四字。人人叫绝。或求戏台对联。姚念兹集唐句云：“此曲只应天上有；斯人莫道世间无。”又，张文敏公戏台集宋句云：“古往今来只如此；淡妆浓抹总相宜。”苏州戏馆集曲句云：“把往事，今朝重提起；破工夫，明日早些来。”俱妙。或题诸葛庙，用“丞相祠堂”四字，亦雅切。

二〇

余不喜黄山谷诗，而古人所见有相同者。魏泰讥山谷：“得机羽而失鹍鹏，专拾取古人所吐弃不屑用之字，而矜矜然自炫其奇，抑末也。”王弇州曰：“以山谷诗为瘦硬，有类驴夫脚跟，恶僧藜杖。”东坡云：“读山谷诗，如食蝤蛑，恐发风动气。”郭功甫云：“山谷作诗，必费如许气力，为是甚底？”林艾轩云：“苏诗如丈夫见客，大踏步便出去。黄诗如女子见人，先有许多妆裹作相。此苏、黄两公之优劣也。”余尝比山谷诗：如果中之百合，蔬中之刀豆也，毕竟味少。

二一

徐凝《咏瀑布》云：“万古常疑白练飞，一条界破青山色。”的是佳语。而东坡以为恶诗，嫌其未超脱也。然东坡《海棠》诗云：“朱唇得酒晕生脸，翠袖卷纱红映肉。”似比徐诗更恶矣！人震苏公之名，不敢掉罄。此应邵所谓“随声者多，审音者少”也。

二二

余戏刻一私印，用唐人“钱塘苏小是乡亲”之句。某尚书过金陵，索余诗册。余一时率意用之。尚书大加诃责。余初犹逊谢，既而责之不休，余正色曰：“公以为此印不伦耶？在今日观，自然公官一品，苏小贱矣。诚恐百年以后，人但知有苏小，不复知有公也。”一座辴然。

二三

《宋蓉塘诗话》讥白太傅在杭州，忆妓诗多于忆民诗。此苛论也，亦腐论也。《关雎》一篇，文王辗转反侧，何以不忆王季、太王，而忆淑女耶？孔子厄于陈、蔡，何以不思鲁君，而思及门耶？

二四

诗人陈制锦，字组云，居南门外，与报恩寺塔相近。樊明徵秀才赠诗云：“南郊风物是谁真？不在山巅与水滨。仰首陆离低首诵，长干一塔一诗人。”陈嫌不佳。余曰：“渠用意极妙，惜未醒耳。若改‘仰首欲攀低首拜’，则精神全出，仅易三字耳。”陈为雀跃。樊博学好古，尤精篆隶之学。余所得两汉金石文字，皆所赠也。卒后，余挽联云：“地下又添高士伴；生前原当古人看。”

二五

人谋事久而不得，则意思转淡。何士颙秀才《感怀》云：“身非无用贫偏暇，事到难图念转平。”真悟后语也。其他如：“贫犹买笑为身累，老尚多情或寿征。”“书因补读随时展，诗为留删尽教抄。”皆不愧风人之旨。殁后，余闻信，飞遣人到其家，搜取诗稿，得三百余首。为付梓行世，板藏随园。

二六

余宰沭阳时，淮安诸生吕文光，馆于沭之吴姓家。其弟子某赴童子试，吕为代倩文字，被余侦获。爱其能文，不加之罪，且延为西席，以姨妻之。和余《春草》云：“绵力漫言承露薄，灵根自信济人多。”又云：“托根何必蓬莱上？得气均沾雨露中。”余笑曰：“此县令诗，不能作翰林者。”已而果中辛未进士，出知滑县。

二七

江西魏允迪，字懋堂，豪迈不羁，官中书侍读。以抚军公子，而家资散尽，因之失官。《咏山中积雪》云：“寂寞山涯更水滨，漫天匝地白如银。前村报道溪桥断，可喜难来索债人。”“干霄篁竹翠盈眸，雪压风欺扑地愁。莫讶此君无劲节，一经沦落也低头。”又，《出门》云：“凭着牵衣儿女送，只挥双泪不回头。”读之令人神伤。与余同召试友也。

二八

苏州舁山轿者最狡狯，游冶少年多与钱，则遇彼姝之车，故意相撞，或小停顿。商宝意先生有诗云：“直得舆夫争道立，翻因小住饱看花。”虎丘山坡五十余级，妇女坐轿下山，心怯其坠，往往倒抬而行。鲍步江《竹枝》云：“妾自倒行郎自看，省郎一步一回头。”

二九

李义山《咏柳》云：“堤远意相随。”真写柳之魂魄。与唐人“山远始为容，江奔地欲随”之句，皆是呕心镂骨而成。粗才每轻轻读过。吴竹桥太史亦有句云：“人影水中随。”

三〇

余每作咏古、咏物诗，必将此题之书籍，无所不搜；及诗之成也，仍不用一典。尝言：人有典而不用，犹之有权势而不逞也。

三一

熊掌、豹胎，食之至珍贵者也；生吞活剥，不如一蔬一笋矣。牡丹、芍药，花之至富丽者也；剪彩为之，不如野蓼、山葵矣。味欲其鲜，趣欲其真；人必知此，而后可与论诗。

三二

襄勤伯鄂公容安，好吟诗，如有宿悟。《竹林寺》云：“初地相逢人似旧，前身安见我非僧？”《悼亡》云：“伤心最是怀中女，错认长眠作暂眠。”

《记》曰：“学然后知不足。”可见知足者，皆不学之人，无怪其夜郎自大也。鄂公《题甘露寺》云：“到此已穷千里目，谁知才上一层楼。”方子云《偶成》云：“目中自谓空千古，海外谁知有九州？”

三三

本朝有某孝廉献吴逆诗云：“力穷楚覆求秦救，心死韩亡受汉封。”圣祖爱其巧于用典，遣人访之。其人逃。余以为此仿宋汪彦章为张邦昌《雪罪表》也。其词云：“孔子从佛肸之召，卒为尊周；纪信乘汉王之车，将以诳楚。”可谓善于文过者。

三四

有妓《与人赠别》云："临歧几点相思泪，滴向秋阶发海棠。"情语也。而庄荪服太史《赠妓》云："凭君莫拭相思泪，留着明朝更送人。"说破，转觉嚼蜡。佟法海《吊琵琶亭》云："司马青衫何必湿？留将泪眼哭苍生。"一般杀风景语。

三五

有人哭一显者云："堂深人不知何病，身贵医争试一方。"说尽贵人患病情状。

三六

吾乡陈星斋先生《题画》云："秋似美人无碍瘦，山如好友不嫌多。"江阴翁征士朗夫《尚湖晚步》云："友如作画须求淡，山似论文不喜平。"二语同一风调。

三七

本朝开国时，江阴城最后降。有女子为兵卒所得，绐之曰："吾渴甚！幸取饮，可乎？"兵怜而许之。遂赴江死。时城中积尸满岸，秽不可闻。女子啮指血题诗云："寄语路人休掩鼻，活人不及死人香。"

三八

余长姑嫁慈溪姚氏。姚母能诗，出外为女傅。康熙间，某相国以千金聘往教女公子。到府，住花园中，极珠帘玉屏之丽。出拜两姝，容态绝世。与之语，皆吴音；年十六七，学琴、学诗，颇聪颖。夜伴女傅眠，方知待年之女，尚未侍寝于相公也。忽一夕，二女从内出，面微红。问之，曰："堂上夫人赐饮。"随解衣寝。未二鼓，从帐内跃出，抢地呼天，语呶呶不可辨；颠仆片时，七窍流血而死。盖夫人赐酒时，业已酖之矣！姚母踉跄弃资装，即夜逃归。常告人云："二女，年长者尤可惜。"有《自嘲》一联云："量浅酒痕先上面，兴高琴曲不和弦。"

三九

咏物已难，而和前人之韵则更难。近惟陈其年之和王新城《秋柳》，奇丽川方伯之和高青丘《梅花》，能不袭旧语，而自出新裁。陈云："尽日邮亭挽客衣，风流放诞是耶非？将军营里年光晚，京兆街前信息稀。愁黛忍令秋水见？柔条任与夜乌飞。舞腰女伴如相忆，为报飘零愿已违。""鹅黄搓就便相怜，记得金城几树烟。未到阿那先麗罬，任为抛掷也缠绵。由来春好惟三月，待得花开又一年。此日秋山太迢递，株株摇落画楼边。"又云："似尔陌头还拂地，有人楼上怕开箱。"俱妙。方伯云："枝头何处认轻痕，霜亦精神雪亦温。一径晓风寻旧梦，半林寒月失孤村。吟情欲镂冰为句，离恨难招玉作魂。寄语溪桥桥上客，莫从香里误柴门。""点额谁教入汉宫，冻云合处路难通。胧胧照去月疑落，瓣瓣擎来雪又空。无梦不随流水去，有香只在此山中。松间竹外谁知己？地老天荒玉一丛。"又云："珊珊仙骨谁能近，字与林家恐未真。""陇首只今春意薄，山中自昔故人稀。"其高淡之怀，梅花有知，当呼知己。

四〇

李尚书雍熙学道，散遣歌姬。王西樵责以诗云："听歌曾入忘忧界，不应忽缚枯禅戒。未是香山与病缘，何妨樊子同春在？安石携妓自不凡，处仲开阁终无赖。谁为公画此策者，狂奴恨不鞭其背！"阮亭亦云："万种心情消未尽，忍辞骆马遣杨枝？"余惜秦少游未闻此言。

四一

江西某太守将伐古树，有客题诗于树云："遥知此去栋梁材，无复清阴覆绿苔。只恐月明秋夜冷，误他千岁鹤归来。"太守读之，怆然有感，乃停斧不伐。

四二

南宋宫嫔墓在越中者甚多：质湖之滨，狮山之侧，茔址可识者，二十四处，俗传"廿四堆"是也。山阴邵姜畦先生诗云："质湖湖水莹如镜，照出兴亡事可哀。'二十四堆'春草绿，钱塘风雨翠华来。"绰有深情。先生尤长五言，《咏济南趵突泉》云："倒翻庐阜瀑，长涌浙江潮。"一时诸名士，为之搁笔。又有句云："溪澄花影耦，山静屐声孤。"

四三

钱塘洪昉思升，相国黄文僖公机之女孙婿也。人但知其《长生》曲本，与《牡丹亭》并传，而不知其诗才在汤若士之上。《晓行》云："咿喔晨鸡鸣，仆夫驾轮鞅。四野绝无人，但闻征铎响。"《夜泊》云："竹篾随潮落，蒲帆逐月飞。维舟已深夜，还上钓鱼矶。"性落拓不羁。晚年渡江，老仆坠水。先生醉矣，提灯救之，遂与俱死。《送高江村宫詹入都》五排一百韵，沉郁顿挫，逼真少陵。

先生为王贞女作《金镮曲》云："王家有女字秀文，少小绰约兰蕙芬。项郎名族学《诗》《礼》，金镮为聘结婚姻。十余年来人事变，富儿那必归贫贱。一朝别字豪贵家，三日悲啼泪如霰。手摘金镮自吞食，将死未死救不得。柔肠九曲断还续，卧地只存微气息。讵料国工赐灵药，吐出金镮定魂魄。至性由来动彼苍，一夜银河驾乌鹊。嗟哉此女贞且贤，项郎对之悲复怜。朝来笑倚镜台立，代系金镮云鬓边。"其事、其诗，俱足千古。篇终结句，余韵悠然。

四四

洪昉思咏《燕女》云："燕姬生小习原野，春草茸茸猎城下。身轻不许健儿扶，捉鞭自上桃花马。"胡稚威亦咏此题，中四句云："蝤蛴明处缘裁领，荑手攕时为揽妆。云髻半笼花压额，巾罗斜挂水成行。"

四五

梅定九先生以算法、《易》理，受知圣祖。人但知其朴学，而不知诗故风雅。其《继藤坑夜雨》云："万壑连为瀑，千峰撼欲平。虚堂渔艇似，短烛月华明。"《答周昆来》云："墨妙时看珍共璧，心期今见托双鱼。"周故奇士，舞刀夺槊，豪气逼人。画龙一幅，人以千金相购。识戴雪村学士于未济时，以女妻之。

卷二

一

丁巳，余流落长安，寓刑部郎中王公讳琬者家。同寓人常熟孝廉赵贵璞，字再白，倾盖相知，西林相公门下士也。欲荐余见西林，有尼之者，因而中止。未几，王公出守兴化。余傫然无归。赵以寒士而留余仍住王公旧屋，供其饔飧，彼此倡和。赵诗才清警，《过仙霞岭》云："万竹扫天青欲雨，一峰受月白成霜。"其曾祖某，生天启间，《题天圣阁》云："天在阁中看世乱，民从地上作人难。"

二

少陵云："多师是我师。"非止可师之人而师之也。村童、牧竖，一言一笑，皆吾之师，善取之皆成佳句。随园担粪者，十月中，在梅树下喜报云："有一身花矣！"余因有句云："月映竹成千'个'字，霜高梅孕一身花。"余二月出门，有野僧送行，曰："可惜园中梅花盛开，公带不去！"余因有句云："只怜香雪梅千树，不得随身带上船。"

三

唐人《咏柳》云："长条乱拂春波动，不许佳人照影看。"宋人《咏柳》云："爱把长条恼公子，惹他头上海棠花。"

四

刘昭禹曰："五律一首，如四十贤人，其中着一屠沽儿不得。"余教少年学诗者，当从五律入手：上可以攀古风，下可以接七律。

五

孔子与子夏论诗曰："窥其门，未入其室，安见其奥藏之所在乎？前高岸，后深谷，泠泠然不见其里，所谓深微者也。”此数言，即是严沧浪“羚羊挂角”“香象渡河”之先声。

六

古称状元，不必殿试第一名。唐郑谷登第后，《宿平康里》诗曰：“好是五更残酒醒，耳边闻唤状元声。”按：谷登赵昌翰榜，名次第八，非第一也。周必大有《回姚状元颖启》《回第二人叶状元适启》。当时新进士，皆得称状元。惟南汉状元不可作。《十国春秋》载：“刘龑定例，作状元者，必先受宫刑。”罗履先《南汉宫词》云：“莫怪宫人夸对食，尚衣多半状元郎。”古称探花，不必第三名。《天中记》：“唐进士杏园初会，使少俊二人探花游园，若他人先折名花，则二人被罚。”蔡宽夫《诗话》云：“故事，进士朝集，择年少者为探花使。”是探花者，年少进士之职，非必第三名也。进士帽上多插花。太宗曰：“寇准少年，正插花饮酒时。”温公性严重，不肯插花。或曰：“君恩也。”乃插一枝。大概以年少者为贵。某《及第》诗曰：“人老簪花不自羞，花应羞上老人头。醉归扶杖人多笑，十里珠帘半下钩。”或又曰：“平康过尽无人问，留得宫花醒后看。”皆伤老之词。熙宁间，余中请禁探花，以为伤风化，遂停此例。后中以赃败，人咸鄙之。王弇洲曰：“禁探花之说，譬如新妇入门，不许妆饰，便教绩麻、造饭。理非不是也，而事太早矣。”余按李焘《长编》载：“陈若拙中进士第三名，以貌陋，人称瞎榜。”盖宋以第三名为榜眼，亦探花不必第三名之证。

七

近今风气，有不可解者：士人略知写字，便究心于《说文》《凡将》，而束欧、褚、钟、王于高阁；略知作文，便致力于康成、颖达，而不识欧、苏、韩、柳为何人。间有习字作诗者，诗必读苏，字必学米，侈然自足，而不知考究诗与字之源流。皆因郑、马之学多糟粕，省费精神；苏、米之笔多放纵，可免拘束故也。

八

改诗难于作诗，何也？作诗，兴会所至，容易成篇；改诗，则兴会已过，大局已定，有一二字于心不安，千力万气，求易不得，竟有隔一两月，于无意中得之者。刘彦和所谓“富于万篇，窘于一字”，真甘苦之言。荀子曰：“人有失针者，寻之不得，忽而得之，非目加明也，眸而得之也。”所谓“眸”者，偶睨及之也。唐人句云：“尽日觅不得，有时还自来。”即“眸而得之”之谓也。

九

诗无言外之意，便同嚼蜡。杭州俞苍石秀才《观绳伎》云：“一线腾身险复安，往来不厌几回看。笑他着脚宽平者，行路如何尚说难？”又：“云开晚霁终殊旦，菊吐秋芳已负春。”皆有意义可思。严冬友壮年不仕，《韦曲看桃花》云：“凭君眼力知多少，看到红云尽处无？”

一〇

唐人有“南宫歌管北宫愁”之句，盖赋体也。不如方子云《晚坐》云“西下夕阳东上月，一般花影有寒温”，以比兴体出之，更妙。

一一

安徽方伯奇丽川席间诵和亲王《风筝》诗云：“风高欲上不得上，风紧求低不得低。”方伯《咏梅》云：“淡影是云还是梦，暗香宜雨亦宜烟。”风调相似。

一二

康熙间，曹练亭为江宁织造。每出，拥八驺必携书一本，观玩不辍。人问：“公何好学？”曰：“非也。我非地方官，而百姓见我必起立，我心不安，故藉此遮目耳。”素与江宁太守陈鹏年不相中。及陈获罪，乃密疏荐陈。人以此重之。其子雪芹撰《红楼梦》一部，备记风月繁华之盛。明我斋读而羡之。当时红楼中有某校书尤艳，我斋题云：“病容憔悴胜桃花，午汗潮回热转加。犹恐意中人看出，强言今日较差些。”“威仪棣棣若山河，应把风流夺绮罗。不似小家拘束态，笑时偏少默时多。”

一三

青阳秀才陈蔚，字豹章，能文，爱客，受业随园。《江行杂咏》云：“日沉远树青，烟起遥山失。何处舣孤舟？一灯古渡出。昨发螃蟹矶，今泊针鱼觜。秋风一夜生，吟冷半江水。”随其兄芳郁庭《远行》云：“江梅开遍雨霏霏，同驻邮亭整客衣。今日反嗟人似雁，一行齐向异乡飞。”郁庭有《草堂杂咏》云：“处士应门惟使鹤，高人去榻更无宾。小桥时有云遮断，不使游人过水西。”兄弟俱耽吟咏，人以双丁、二陆比之。

莆田有吴荔娘者，庖人之女也。性爱洁而能诗。豹章聘为旁妻。未二年，卒。豹章为写其《兰坡剩稿》，有《春日偶成》云：“疃疃晓日映窗疏，荏苒韶光一枕余。深巷卖花新雨后，开门插柳嫩寒初。莺儿有语迁乔木，燕子多情觅旧庐。那用踏青郊外去，芊芊草色上阶除。”又：“深院不知春色早，忽惊墙外卖花声。”

一四

向读金陵孙秀才韶《咏小孤山》云：“江心突兀耸孤峦，飘渺还疑月里看。绝似凌云一枝笔，夜深横插水精盘。”后过此山，方知此句之妙。

一五

泗州选贡毛俟园藻，辛卯秋赴金陵乡试，主试为彭芸楣侍郎。其友罗孝廉恕，彭门下士也。寓书索观近艺，戏为催妆俳语。毛答以诗云：“月影空濛柳影疏，秦淮水涨石城隅。小姑独处无郎惯，争似罗敷自有夫？”榜揭，毛获隽。罗往贺，入门狂叫曰：“今日小姑亦嫁彭郎矣！”一时传为佳话。

一六

刘曾灯下诵《文选》，倦而就寝，梦一古衣冠人告之曰：“魏、晋之文，文中之诗也；宋、元之诗，诗中之文也。”既醒，述其言于余。余曰："此余夙论如此。"

一七

余画《随园雅集图》，三十年来，当代名流题者满矣，惟少闺秀一门。慕漪香夫人之才，知在吴门，修札索题，自觉冒昧。乃寄未五日，而夫人亦书来，命题《采芝小照》。千里外，不谋而合，业已奇矣！余临《采芝图》副本，到苏州，告知夫人，而夫人亦将《雅集图》临本见示，彼此大笑。乃作诗以告秋帆先生曰："白发朱颜路几重？英雄所见竟相同。不图刘尹衰颓日，得见夫人林下风。"

一八

唐人诗话："李山甫貌美。晨起方理发，云鬟委地，肤理玉映。友某自外相访，惊不敢进。俄而山甫出，友谢曰：'顷者误入君内。'山甫曰：'理发者，即我也。'相与一笑。"余弟子刘霞裳有仲容之姣，每游山，必载与俱。赵云松调之云："白头人共泛清波，忽觉沿堤属目多。此老不知看卫玠，误夸看杀一东坡。"

一九

"忍冻不禁先自去，钓竿常被别人牵。"宋人句也。默禅上人一联云："水藻半浮苔半湿，浣纱人去不多时。"俱眼前语，而余韵悠然。

二〇

阮亭先生，自是一代名家。惜誉之者，既过其实；而毁之者，亦损其真。须知先生才本清雅，气少排奡，为王、孟、韦、柳则有余，为李、杜、韩、苏则不足也。余学遗山，论诗一绝云："清才未合长依傍，雅调如何可诋娸？我奉渔洋如貌执，不相菲薄不相师。"

二一

本朝古文之有方望溪，犹诗之有阮亭：俱为一代正宗，而才力自薄。近人尊之者，诗文必弱；诋之者，诗文必粗。所谓佞佛者愚，辟佛者迂。

二二

后之人未有不学古人而能为诗者也。然而善学者，得鱼忘筌；不善学者，刻舟求剑。

二三

韩侂胄伐金而败，与张魏公之伐金而败，一也。后人责韩不责张，以韩得罪朱子故耳。然金人葬其首，谥曰忠缪，以其忠于为国，缪于谋身也。钱辛楣少詹过安阳吊之曰："匆匆函首议和亲，昭雪何心及老秦。一局残棋偏汝着，千秋公论是谁伸？横挑强敌诚非计，欲报先仇岂为身？一样北征师挫衄，符离未戮首谋人。"少詹又吊姚广孝云："空登北郭诗人社，难上西山老佛坟。"

二四

方敏悫公三妹能诗，自画牡丹，题云："菊瘦兰贫枯谢家，愧尢春色绘年华。剩来井底胭脂水，学画人间富贵花。"公《咏清凉山桃花》云："倾将一井胭脂水，和就六朝金粉香。"似袭乃妹诗，而风趣转逊。

敏悫公未遇时，祖、父俱以罪戍塞外。公南北奔走，备极流离。清凉寺僧号中州者，知为伟人，时周恤之。公赠诗云："须知世上逃名易，只有城中乞食难。"后官制府，为中州弟子丽雅重建清凉寺，殿宇焕然。余过而有感，亦题诗云："细读纱笼数首诗，尚书回首忆前期。英雄第一心开事，挥手千金报德时。"苏州薛皆三进士有句云："人生只有修行好，天下无如吃饭难。"意与方公相似。

二五

随园有对联云："此地有崇山峻岭茂林修竹；是能读《三坟》《五典》《八索》《九丘》。"故是李侍郎因培所赠，悬之二十余年。忽一日，岳大将军钟琪之子参将名瀞者来谒。入门先问此联有否，现悬何处。予指示之。端睇良久，曰："此后书舍，可有蔚蓝天否？"予问："何以知之？"曰："余在四川时，梦先大人引游一园，有此联额，且曰：'将我交此园主人。’滃惊醒，遍访川中，无人知者。今来补官江宁，有人谈及，故来相访。”因出将军行状二十余页，稽首求传。予读之，杂乱舛错，为编纂七日方成。而岳又调往金川，不复再见矣。今年夏间，偶抄选鲍海门诗二十余首，其子之钟适渡江来。余告以选诗之事，问：“尊人有余集否？”鲍不觉泣下，曰：“异哉！余今而知梦之有灵也！吾渡江前三日，梦与先人游随园，先人与公同修船，以纸补其窗棂。醒而不解。今思之：夫船者，传也；纸者，诗之所附以传者也。今公抄选先人之诗，岂不暗相吻合耶？”甚矣！鬼神之好名也！

二六

沈学子有女弟子徐瑛玉，字若冰，昆山人，嫁孔氏，能诗，早亡。与王兰泉夫人许云清，及吾乡方宜照之女芷斋，唱和甚多。《和学子送春》云：“春光心事两蹉跎，愁见飞花槛外过。漫说穷愁诗便好，算来诗不敌愁多。”《病起》云：“重开鸾镜施膏沐，卷上珠帘怯晓风。病起不知秋几许，飞来黄叶满庭中。”《七夕》云：“银汉横斜玉漏催，穿针瓜果钉妆台。一宵要话经年别，那得工夫送巧来？”

二七

顾东山有女，美而不嫁，好服坏色衣，持念珠，作六时梵语。其母哂之，曰：“汝故是优婆夷耶？”女微哂而已。行年三十，操修益坚。父母知其志，为筑即是庵处之，因号即是庵主人。许太夫人题其庵云：“上界遭沦谪，人言萼绿华。十年贞不字，一室语无哗。遣兴惟吟絮，逢春欲避花。结庵殊可羡，萱草傍兰芽。”

二八

嘉善曹六圃廷栋，少宰蓼怀之孙，隐居不仕。自号慈山居士，自为寿藏，不下楼者二十年，著作甚富。余爱其晚年佳句，如：“废书只觉心无着，少饮从教睡亦清。”“病教揖让虚文减，老觉婆娑古意多。”“诗真岂在分唐、宋，语妙何曾露刻雕？”余称其诗，专主性情。慈山寄札谢云：“老人生平苦心，被君一语道破。”屡招余往，而竟不遂其愿。卒已八十五矣。

二九

余性不饮酒，又不喜唱曲，自惭窭人子。故音律一途，幼而失学。偶读桐城张文和公《元夕寄弟药斋》诗云：“亦知令节休虚度，其奈疏慵本性何？天与人间清净福，不能饮酒厌闻歌。”公为大学士文端公之子，一生富贵，而独缺东山丝竹之好，何耶？岂金星不入命之故耶？余亲家徐题客，健庵司寇孙也，五岁能拍板歌。见外祖京江张相国，相国爱之，抱置膝上。乳母在旁夸曰：“官官虽幼，竟能歌曲。”相国怫然曰：“真耶？”曰：“真也！”相国推而掷之，曰：“若果然，儿没出息矣！”两相国性情相似。后徐竟坎壈，为人司音乐，以诸生终。《自嘲》云：“文章声价由来贱，风月因缘到处新。”此语，题客亲为余言。

三〇

吾乡孝廉王介眉，名延年，少尝梦至一室，秘帖古器，盎然横陈。榻坐一叟，短身白须，见客不起，亦不言。又有一人，颀而黑，揖介眉而言曰：“余汉之陈寿也，作《三国志》，黜刘帝魏，实出无心；不料后人以为口实。”指榻上人曰：“赖彦威先生以《汉晋春秋》正之。汝乃先生之后身，闻方撰《历代编年纪事》，夙根在此，须勉而成之。”言讫，手授一卷书，俾题六绝句而寤。寤后仅记二句曰：“惭无《汉晋春秋》笔，敢道前身是彦威？”后介眉年八十余，进呈所撰《编年纪事》，赐翰林侍读。

三一

同年储梅夫宗丞，能养生，七十而有婴儿之色。乾隆庚辰，奉使祭告岳渎，宿搜敦邮旅店。是夕，灯花散彩，倏忽变现，喷烟高二三尺。有风雾回旋。急呼家童观之，共为诧异，相戒勿动。梦群仙五六人，招至一所，上书“赤云冈”三字，呼储为云麾使者。诸仙列坐联句，有称海上神翁者首唱，曰：

"莲炬今宵献瑞芝。"次至五松丈人，续曰："群仙佳会飘吟髭。"又次，至东方青童，曰："春风欲换杨柳枝。"旁一女仙曰："此云麾过凌河句也，汝何故窃之？"相与一笑，忽灯花如爆竹声，惊而醒。

三二

孔莛谷扶乩，有女仙，自称袁茝君，名沅，年十五，入蜀王昶宫中，给事花蕊夫人。未进御，而唐兵下蜀，茝君匿民间，被人搜得，将献之大帅，行次剑阁，投水死，年才十八。今石壁间有垂红珊瑚树者，即其藁葬所也。菊庄为题诗云："剑阁崔巍万古存，西川宫殿总成尘。可怜殉国磨笄者，不是昭阳宠幸身！"

三三

江宁方伯永公之子明新，字竹岩，性耽风雅。其弟亮，字铁崖，亦聪颖。在江宁时，与余交好，选胜征歌，时时不绝。后永公内用。竹岩《留别》诗云："春风几度坐琼筵，玉屑霏霏细雨天。盛会忽然成往事，别情无那到尊前。挂帆江上三秋雨，写恨银灯五色笺。此后梦魂来不易，琴声重听是何年？"铁崖云："雁唳空天气泬寥，骊歌未唱已魂消。两年师弟情何重，一别关山路正遥。海上瑶琴惊忽断，岩前丛桂怅难招。离怀此际凭谁说，只可长亭折柳条！"其师严翼祖孝廉，亦留别四首，末云："子云笔札君卿舌，到处听人说感恩。"铁崖《游河房》云："水深不觉渔舟过，橹动先看月影摇。"

三四

咏物诗无寄托，便是儿童猜谜。读史诗无新义，便成《廿一史弹词》；虽着议论，无隽永之味，又似史赞一派，俱非诗也。余最爱常州刘大猷《岳墓》云："地下若逢于少保，南朝天子竟生还。"罗两峰《咏始皇》云："焚书早种阿房火，收铁还留博浪椎。"周钦来《咏始皇》云："蓬莱觅得长生药，眼见诸侯尽入关。"松江徐氏女《咏岳墓》云："青山有幸埋忠骨，白铁无辜铸佞臣。”皆妙。尤隽者，严海珊《咏张魏公》云：“传中功过如何序？为有南轩下笔难。”冷峭蕴藉，恐朱子在九原，亦当干笑。

海珊自负咏古为第一，余读之果然。《三垂冈》云：“英雄立马起沙陀，奈此朱梁跋扈何？赤手难扶唐社稷，连城犹拥晋山河。风云帐下奇儿在，鼓角灯前老泪多。萧瑟三垂冈下路，至今人唱百年歌。”

三五

桐城张药斋宗伯，三任江南学政，奖擢名流，诗尤清婉。《题三妹澄碧楼》云：“小轩近对碧波澄，隔着疏杨唤欲应。最好淡云微月夜，半帘相望读书灯。”《寄女》云：“香羹洗手调晨膳，书案分灯补旧襦。”《喜若需归里》云：“一匹绢堪怜宦况，五车书足艳归装。”余以翰林改官，公向其兄文和公作元相语曰：“韩愈可惜！”

三六

竹筠女子早卒，自焚诗稿，仅传其《宫词》云：“中官宣诏按新筝，玉指轻弹别恨声。恰被东风吹散去，君王乍听未分明。”高东井题云：“丛残私字叠鸳鸯，零乱残脂尽断肠。赖是六丁收不尽，一编擎出返魂香。”

三七

曹学士洛禋言：少时过市，买《椒山集》归。夜阅之倦，掩卷卧，闻叩门声，启视，则同学迟友山也。携手登台联句云：“冉冉乘风一望迷，”迟：“中天烟雨夕阳低。来时衣服多成雪，”曹：“去后皮毛尽属泥。但见白云侵月冷，”迟：“微闻黄鸟隔花啼。行行不是人间象，手挽蛟龙作杖藜。”曹吟罢，友山别去。学士归语其妻，妻不答；呼仆，仆不应。复坐北窗，取《椒山集》，掀数页，回顾，则身卧竹床上。大惊，始知梦也。少顷，友山讣至。

三八

周少司空青原未遇时，梦人召至一处，金字榜云“九天玄女之府”。周入拜，见玄女霞帔珠冠，南面坐，以手平扶之，曰：“无他相属，因小女有像，求先生诗。”出一卷，汉、魏名人笔墨俱在，淮南王刘安隶书最工，自曹子建以下，稍近钟、王风格。周题五律四首。玄女喜，命女出拜。神光照耀，周不敢仰视。女曰：“周先生富贵中人，何以身带暗疾？我为君除之，作润笔资。”解裙带，授药一丸。周幼时误吞铁针，着肠胃间，时作隐痛。服后霍然。醒来诗不能记，惟记一联云：“冰雪消无质，星辰系满头。”

三九

尤琛者，长沙人，少年韶秀，过湘溪野庙，见塑紫姑神甚美，题壁云：“藐姑仙子落烟沙，冰作阑干玉作车。若畏夜深风露冷，槿篱茅舍是郎家。”夜有叩门者。启之，曰：“紫姑神也。读郎诗，故来相就。”手一物与尤曰：“此名紫丝囊。吾朝玉帝时，织女所赐。佩之，能助人文思。”生自佩后，即登科出宰。女助其为政，有神明之称。余按尤诗颇蕴藉，无怪神女之相从也。其始末甚长，载《新齐谐》中。

四〇

尹似村《小园》绝句云：“春草自来芟不尽，与花无碍不妨多。”深得司马温公所云“草非碍足不芟”包容气象。

四一

余在王孟亭太守处，翻阅旧簏。得刘大山先生手书诗册。贺其祖楼村修撰《移居》云：“官如蚕受茧丝缠，郁郁惟将邸舍迁。家具无多移校易，街坊太远住堪怜。月逢庙市刚三日，俸算词林已六年。闭户忍饥都不患，只愁囊乏买书钱。”“碧山堂里老尚书，二十年前此卜庐。任昉交游今在否？羊昙涕泪痛何如！颓廊有甓奔饥鼠，废圃无墙种野蔬。此日君居最相近，教余一到一踌躇。”大山名岩，江浦人，人但知其工作时文，而不知诗才清妙乃尔。所云碧山堂尚书者，即东海徐健庵司寇，领袖名场者也。查浦先生亦有诗云：“分明万壑归东海，不到朝宗转自疑。”可谓善于推尊者矣。

卷三

一

余尝语人云："才欲其大，志欲其小。才大，则任事有余；志小，则愿无不足。孔北海志大才疏，终于被难。邴曼容为官不肯过六百石，没齿晏然。"童二树诗云："所欲不求大，得欢常有余。"真见道之言。

二

人或问余以本朝诗谁为第一，余转问其人：《三百篇》以何首为第一？其人不能答。余晓之曰：诗如天生花卉，春兰秋菊，各有一时之秀，不容人为轩轾。音律风趣，能动人心目者，即为佳诗；无所为第一、第二也。有因其一时偶至而论者，如"不愁明月尽，自有夜珠来"一首，宋居沈上。"文章旧价留鸾掖，桃李新阴在鲤庭"一首，杨汝士压倒元、白是也。有总其全局而论者，如唐以李、杜、韩、白为大家，宋以欧、苏、陆、范为大家是也。若必专举一人，以覆盖一朝，则牡丹为花王，兰亦为王者之香。人于草木，不能评谁为第一，而况诗乎？

三

王阳明先生云："人之诗文，先取真意；譬如童子垂髫肃揖，自有佳致。若带假面伛偻，而装须髯，便令人生憎。"顾宁人与某书云："足下诗文非不佳。奈下笔时，胸中总有一杜一韩放不过去，此诗文之所以不至也。"

四

王梦楼侍讲云："诗称家数，犹之官称衙门也。衙门自以总督为大，典史为小。然以总督衙门之担水夫，比典史衙门之典史，则亦宁为典史，而不为担水夫。何也？典史虽小，尚属朝廷命官；担水夫、衙门虽尊，与他无涉。今之学杜、韩不成，而矜矜然自以为大家者，不过总督衙门之担水夫耳。”叶横山先生云：“好摹仿古人者，窃之似，则优孟衣冠；窃之不似，则画虎类狗。与其假人余焰，妄自称尊，孰若甘作偏裨，自领一队？”

五

东坡近体诗，少蕴酿烹炼之功，故言尽而意亦止，绝无弦外之音、味外之味。阮亭以为非其所长，后人不可为法，此言是也。然毛西河诋之太过。或引“春江水暖鸭先知”，以为是坡诗近体之佳者。西河云：“春江水暖，定该鸭知，鹅不知耶？”此言则太鹘突矣。若持此论诗，则《三百篇》句句不是：在河之洲者，斑鸠、鸣鸠皆可在也，何必“雎鸠”耶？止丘隅者，黑鸟、白鸟皆可止也，何必“黄鸟”耶？

六

富贵诗有绝妙者。如唐人：“偷得微吟斜倚柱，满衣花露听宫莺。”宋人：“一院有花春昼永，八荒无事诏书稀。”“烛花渐暗人初睡，金鸭无烟却有香。”“人散秋千闲挂月，露零蝴蝶冷眠花。”“四壁宫花春宴罢，满床牙笏早朝回。”元人：“宫娥不识中书令，问是谁家美少年。”“袖中笼得朝天笔，画日归来又画眉。”本朝商宝意云：“帘外浓云天似墨，九华灯下不知寒。”“那能更记春明梦，压鬓浓香侍宴归。”汤西崖少宰云：“楼台莺蝶春喧早，歌舞江山月坠迟。”张得天司寇云：“愿得红罗千万匹，漫天匝地绣鸳鸯。”皆绝妙也。谁谓“欢娱之言难工”耶？

七

贫士诗有极妙者。如陈古渔：“雨昏陋巷灯无焰，风过贫家壁有声。”“偶闻诗累吟怀减，偏到荒年饭量加。”杨思立：“家贫留客干妻恼，身病闲游惹母愁。”朱草衣：“床烧夜每借僧榻，粮尽妻常寄母家。”徐兰圃：“可怜最是牵衣女，哭说邻家午饭香。”皆贫语也。常州赵某云：“太穷常恐人防贼，久病都疑犬亦仙。”“短气莫书赊酒券，索逋先长（按：民国本作“畏”）扣门声。”俱太穷，令人欲笑。

八

杨花诗最佳者，前辈如查他山云：“春如短梦初离影，人在东风正倚阑。”黄石牧云：“不宜雨里宜风里，未见开时见落时。”严遂成云：“每到月明成大隐，转因云热得佯狂。”薛生白云：“飘泊无端疑‘白也’，轻盈真欲类‘虞兮’。”王菊庄云：“不知日暮飞犹急，似爱天晴舞欲狂。”虞东皋云：“飘来玉屑缘何软？看到梅花尚觉肥。”意各不同，皆妙境也。近有人以此命题，燕以均云：“小院无端点绿苔，问他来处费疑猜。春原不是一家物，花竟偏能离树开。质洁未堪污道路，身轻容易上楼台。随风似怕儿童捉，才扑阑干又却回。”蔡元春云：“沾裳似为衣添絮，扑帽应怜鬓有霜。似我辞家同过客，怜君一去便无归。”李荄云：“偶经堕地时还起，直到为萍恨始休。”杨芳灿云：“掠水燕迷千点雪，窥窗人隔一重纱。”“愿他化作青萍子，傍着鸳鸯过一生。”方正澍云：“春尽不堪垂老别，风停亦解步虚行。”钱履青云：“风便有时来砚北，月明无影度墙东。”

九

严海珊《咏桃花》云：“怪他去后花如许，记得来时路也无？”暗中用典，真乃绝世聪明。

一〇

最爱周栎园之论诗曰：“诗以言我之情也，故我欲为则为之，我不欲为则不为。原未尝有人勉强之，督责之，而使之必为诗也。是以《三百篇》称心而言，不著姓名，无意于诗之传，并无意于后人传我之诗。嘻！此其所以为至与！今之人，欲借此以见博学，竞声名，则误矣！”

一一

英梦堂相公，诗才清绝。作里河同知，与余游扬州僧寺云："萧寺廊回水一层，阑干闲处有人凭。书生自笑酸寒甚，不看春灯看佛灯。"后三十年，金陵弟子龚元超有一首云："烟萝暗处石棱嶒，翠竹玲珑月作灯。听是谁家吹玉笛，画栏清冷夜深凭。"何其风韵之相似也！

一二

合肥进士田实发，庚戌会试，梦其母浴小儿于盆，意颇恶之。过黄河，资尽，不能雇车，意阑珊欲返。有驴夫苦劝前行。问夫："何姓？"曰："姓孟。"因忆梦中：儿者，子也；盆者，皿也。或者此行其有益乎？果以是科获售。《咏晓钟》云："雨云魂梦初惊后，名利心思未动前。"又："鸟立树梢徐坠果，风来檐隙自翻书。"颇近放翁小品。《咏花下鸳鸯》云："翠幄红帱梦未阑，频倾香露不知寒。除非花上蜂儿落，才肯抬头仔细看。"

一三

余尝谓：诗人者，不失其赤子之心者也。沈石田《落花》诗云："浩劫信于今日尽，痴心疑有别家开。"卢仝云："昨夜醉酒归，仆倒竟三五。摩挲青莓苔，莫嗔惊着汝。"宋人仿之，云："池昨平添水三尺，失却捣衣平正石。今朝水退石依然，老夫一夜空相忆。"又曰："老僧只恐云飞去，日午先教掩寺门。"近人陈楚南《题〈背面美人图〉》云："美人背倚玉阑干，惆怅花容一见难。几度唤他他不转，痴心欲掉画图看。"妙在皆孩子语也。

一四

诗有认假为真而妙者。唐人《宿华山》云："危栏倚遍都无寐，犹恐星河坠入楼。"宋人《咏梅花帐》云："呼童细扫潇湘簟，犹恐残花落枕旁。"有认真为假而妙者。宋人《雪中观妓》云："恰似春风三月半，杨花飞处牡丹开。"元人《美人梳头》云："红雪忽生池上影，乌云半卷镜中天。"

一五

黄梨洲先生云："诗人萃天地之清气，以月露、风云、花鸟为其性情。月露、风云、花鸟之在天地间，俄顷灭没；惟诗人能结之于不散。"先生不以诗见长，而言之有味。

一六

吾乡吴修撰鸿，督学湖南。壬午科，湖南主试者为嘉定钱公辛楣、陕西王公伟人。诸生出闱后，各以闱卷呈吴。吴所最赏者，为丁甡、丁正心、张德安、石鸿翥、陈圣清五人，曰："此五卷不售，吾此后不复论文矣。"榜发日，吴招客共饮，使人走探。俄而抄榜来，自第六名至末，只陈圣清一人。吴旁皇莫释。未几，五魁报至，则四生已各冠其经，如联珠然。吴大喜过望。一时省下传为佳话。先是，陈太常兆仑在都中，以书贺吴云："今科楚南得人必盛。"盖预知吴、钱、王三公之能知文，能拔士也。吴首唱一诗，云："天鼓喧传昨夜声，大宫小徵尽含鸣。当头玉笋排班出，入眼珠光照乘明。喜极转添知己泪，望深还慰树人情。文昌此日欣连曜，谁向西风诉不平？"一时和者三十余人。后甲辰三月，余游匡庐，遇丁君宰星子，为雇夫役，作主人，相与序述前事，彼此慨然。且曰："正心管领庐山七年，来游者先生一人耳。"

一七

钱香树先生为侍读时出都，泊济宁，立船头为霜所滑，失足入水，家人救以篙，得不死。笑谓宾客曰："吾闻坠水死者，必有鬼物凭之。倘昨夜遇李太白，便把臂去矣！"明日过李白楼，题云："昨夜未曾逢李白，今朝乘兴一登楼。楼中人已骑鲸去，楼影当空占上游。"

一八

康熙初，吴兆骞汉槎谪戍宁古塔。其友顾贞观华峰馆于纳兰太傅家，寄吴《金缕曲》云："季子平安否？谅绝塞、苦寒难受。廿载包胥曾一诺，盼乌头马角终相救。置此札，兄怀袖。词赋从今须少作，留取心魂相守。归日急翻行戍稿，把空名料理传身后。言不尽，观顿首。”太傅之子成容若见之，泣曰：“河梁生别之诗，山阳死友之传，得此而三。此事三千六百日中，我当以身任之。”华峰曰：“人寿几何？公子乃以十载为期耶？”太傅闻之，竟为道地，而汉槎生入玉门关矣。顾生名忠者，咏其事云：“金兰倘使无良友，关塞终当老健儿。”一说：华峰之救吴季子也，太傅方宴客，手巨觥，谓曰：“若饮满，为救汉槎。”华峰素不饮，至是一吸而尽。太傅笑曰：“余直戏耳！即不饮，余岂遂不救汉槎耶？虽然，何其壮也！”呜呼！公子能文，良朋爱友，太傅怜才，真一时佳话。余常谓：汉槎之《秋笳集》，与陈卧子之《黄门集》，俱能原本七子，而自出精神者。

一九

陶篁村置屋孤山。余月夜访之，怜其孤寂，劝置燕玉，为暖老计。篁村以为然，购一小鬟。梁山舟侍讲调以诗云：“病来久不见陶潜，隔着重城似隔天。昨夜中庭看星象，小星正在少微边。”“见说榕江泛橹枝，已成阴后未凉时。一根柳栗无人管，分付樵青好护持。”“不比朝云侍老坡，也如天女伴维摩。对门有个林和靖，冷抱梅花奈尔何？”“好将班管画眉双，莫染星星鬓上霜。比似诗人张子野，莺花还有廿年狂。”山舟又有句云：“毕竟人间胜天上，不然刘阮不归来。”余适从天台山归，诵此，为之一笑。

二〇

诗如言也，口齿不清，拉杂万语，愈多愈厌。口齿清矣，又须言之有味，听之可爱，方妙。若村妇絮谈，武夫作闹，无名贵气，又何藉乎？其言有小涉风趣，而嚅嚅然若人病危，不能多语者，实由才薄。

二一

诗不可不改，不可多改。不改则心浮，多改则机窒。要像初拓《黄庭》，刚到恰好处。孔子曰："中庸不可能也。"此境最难。予最爱方扶南《滕王阁》诗云："阁外青山阁下江，阁中无主自开窗。春风欲拓滕王帖，蝴蝶入帘飞一双。"叹为绝调。后见其子某云："翁晚年嫌为少作，删去矣。"予大惊，卒不解其故。桐城吴某告予云："扶南三改《周瑜墓》诗，而愈改愈谬。"其少作云："大帝君臣同骨肉，小乔夫婿是英雄。"可称工矣。中年改云："大帝誓师江水绿，小乔卸甲晚妆红。"已觉牵强。晚年又改云："小乔妆罢胭脂湿，大帝谋成翡翠通。"真乃不成文理！岂非朱子所谓"三则私意起而反惑"哉？扶南与方敏恪公为族兄。敏恪寄信，苦劝其勿改少作，而扶南不从。方知存几句好诗，亦须福分。

二二

诗虽奇伟，而不能揉磨入细，未免粗才。诗虽幽俊，而不能展拓开张，终窘边幅。有作用人，放之则弥六合，收之则敛方寸，巨刃摩天，金针刺绣，一以贯之者也。诸葛躬耕草庐，忽然统师六出；蕲王中兴首将，竟能跨驴西湖：圣人用行舍藏，可伸可屈，于诗亦可一贯。书家北海如象，不及右军如龙，亦此意耳。余尝规蒋心余云："子气压九州矣；然能大而不能小，能放而不能敛，能刚而不能柔。"心余折服曰："吾今日始得真师。"其虚心如此。

二三

金陵僧药根，工楷法，住扬州某庵。商人洪姓者，欲买其庵旁隙地起花园。药根意不欲，乃投以诗云："自笑蜗庐傍寺开，邻园树木迴崔巍。侬家院小难栽树，但有青青一片苔。"洪知其意，乃不果买。药根《泊瓜渚》云："星光全在水，渔火欲浮天。"《喜晴》云："雨收亦似痊沉病，日出浑如见故人。"

二四

闺秀能文，终竟出于大家。张侯家高太夫人著《红雪轩稿》，七古排律至数十首，盛矣哉！其本朝之曹大家乎？夫宗仁袭封靖逆侯，家资百万，以好客喜施，不二十年，费尽而薨。夫人暗埋三十万金于后园，交其儿谦，始能袭职：其识力如此。夫人名景芳，父琦，为浙闽总督。作女儿时，年十五，《晨妆》云："妆阁开清晓，晨光上画栏。未曾梳宝髻，不敢问亲安。妥贴加钗凤，低徊插佩兰。隔帘呼侍婢，背后与重看。"又《示谦儿》云："高捧名花求插髻，遍寻佳果劝尝新。"

二五

商宝意诗集刻成，有人摘其疵累，余为怅然。仲小海曰："但愿人生一世，留得几行笔墨，被人指摘，便是有大福分人。不然，草亡木卒，谁则知之？而谁议之？"余谓此言沉痛，深得圣人疾没世无名之意。然古来曹蜍、李志，又转以庸庸而得存其名，岂非不幸中之幸耶？宝意先生有句云："明知爱惜终须割，但得流传不在多。"

二六

黄允修云："无诗转为读书忙。"方子云云："学荒翻得性灵诗。"刘霞裳云："读书久觉诗思涩。"余谓此数言，非真读书、真能诗者不能道。

二七

淡莲洲明府称芜湖胡漱泉秀才，有"日影度花轻"五字，得五言妙境。江君旭东亦赏沙斗初"花气半湖阴"五字，所见与莲洲同。

二八

诗境最宽，有学士大夫读破万卷，穷老尽气，而不能得其阃奥者；有妇人女子、村氓浅学，偶有一二句，虽李、杜复生，必为低首者。此诗之所以为大也。作诗者必知此二义，而后能求诗于书中，得诗于书外。

二九

升平日久，海内殷富，商人士大夫慕古人顾阿瑛、徐良夫之风，蓄积书史，广开坛坫。扬州有马氏秋玉之玲珑山馆，天津有查氏心谷之水西庄，杭州有赵氏公千之小山堂、吴氏尺凫之瓶花斋。名流宴咏，殆无虚日。许珮璜刺史赠查云：“庇人孙北海，置驿郑南阳。”其豪可想。此外，公卿当事，则有唐公英之在九江，鄂公敏之在西湖，皆以宏奖为己任。不四十年，风流顿尽。唐公号蜗寄老人，司九江关，悬纸墨笔砚于琵琶亭，客过有题诗者，命关吏开列姓名以进。公读其诗，分高下，以酬赠之。建白太傅祠，肖己像于旁。甲辰冬，余过九江，则太傅祠改作戏台，唐公像亦不见。

三〇

山阴吴修龄有句云：“雁将秋色去，帆带好山移。”人因呼之曰“吴好山”。好山《晚晴》云：“江皋收宿雨，征雁卷帘闻。野戍空千里，高秋无片云。海明天落日，风响马归群。赋罢衫巾岸，应书白练裙。”与胡稚威交好，两序皆胡所作。胡和其《寒夜》一联云：“冻苦星辰白，霜明鼓角干。”真乃不愧孟郊。

三一

诗家有不说理而真乃说理者。如唐人《咏棋》云：“人心无算处，国手有输时。”《咏帆》云：“恰认己身住，翻疑彼岸移。”宋人：“君王若看貌，甘在众妃中。”“禅心终不动，仍捧旧花归。”《雪》诗：“何由更得齐民暖，恨不偏于宿麦深。”《云》诗：“无限旱苗枯欲尽，悠悠闲处作奇峰。”许鲁斋《即景》云：“黑云莽莽路昏昏，底事登车尚出门？直待前途风雨恶，苍茫何处觅烟村？”无名氏云：“一点缁尘涴素衣，瘢瘢驳驳使人疑。纵教洗遍千江水，争似当初未涴时？”

三二

诗家闺秀多，青衣少。高明府继允有苏州薛筠郎，貌美艺娴，《赋秋月》云："风韵乱传杵，云华轻入河。"《旅思》云："如何野店闻钟夜，犹是寒山寺里声。"《晓行》云："并马忽惊人在后，贪看山色又回头。"皆有风调。筠郎随主人入都，卒于保阳。高刻其遗稿，属余题句。余书三绝，有云："绝好齐、梁诗弟子，不教来事沈尚书。"

三三

宋人好附会名重之人，称韩文杜诗，无一字没来历。不知此二人之所以独绝千古者，转妙在没来历。元微之称少陵云："怜渠直道当时事，不着心源傍古人。"昌黎云："惟古于词必己出，降而不能乃剽贼。"今就二人所用之典，证二人生平所读之书，颇不为多，班班可考；亦从不自注此句出何书，用何典。昌黎尤好生造字句，正难其自我作古，吐词为经。他人学之，便觉不妥耳。

卷四

一

凡作诗者，各有身份，亦各有心胸。毕秋帆中丞家漪香夫人，有《青门柳枝词》云："留得六宫眉黛好，高楼付与晓妆人。"是闺阁语。中丞和云："莫向离亭争折取，浓阴留覆往来人。"是大臣语。严冬友侍读和云："五里东风三里雪，一齐排着等离人。"是词客语。夫人又有句云："天涯半是伤春客，飘泊烦他青眼看。"亦有慈云护物之意。张少仪观察和云："不须看到婆娑日，已觉伤心似汉南。"则的是名场耆旧语矣。

二

诗用经书成语，有对仗极妙者。前辈卢玉岩云："头既责余余责头，腹亦负公公负腹。"近人吴文溥云："人非磨墨墨磨人，我自注经经注我。"姚念慈云："野无青草霜飞后，菊有黄花雁到初。"汪韩门云："白凫化后成衰老，黄雀飞来谢少年。"胡稚威云："春水绿波芳草色，杂花生树乱莺飞。"朱鹿田《得子》云："我求壮艾三年药，汝似王瓜五月生。"皆用经书、乐府成语也。余戏集乐府云："背画天图，子星历历；东升日影，鸡黄团团。"

三

题古迹能翻陈出新最妙。河南邯郸壁上或题云："四十年中公与侯，虽然是梦也风流。我今落魄邯郸道，要替先生借枕头。"严子陵钓台或题云："一着羊裘便有心，虚名传诵到如今。当时若着蓑衣去，烟水茫茫何处寻？"凡事不能无弊，学诗亦然。学汉、魏《文选》者，其弊常流于假；学李、杜、韩、苏者，其弊常失于粗；学王、孟、韦、柳者，其弊常流于弱；学元、白、放翁者，其弊常失于浅；学温、李、冬郎者，其弊常失于纤。人能吸诸家之精华，而吐其糟粕，则诸弊尽捐。大概杜、韩以学力胜，学之，刻鹄不成，犹类鹜也。太白、东坡以天分胜，学之，画虎不成，反类狗也。佛云："学我者死。"无佛之聪明而学佛，自然死矣。

四

昔人称谢太傅"功高百辟，心在一丘"。范希文经略西边，犹恋恋于曩日之圭峰月下，与友人书，时时及之。秋帆尚书巡抚陕西，有《小方壶忆梅》诗，节其大概云："仙人家住梅花村，寒香万顷塞我门。门巷寂寂嵌空谷，冷艳繁枝环破屋。尘缘未了出山去，回头别花花不语。北走燕云西入秦，问梅精舍知何处？岁云暮矣风雪骤，驿使音稀断陇首。天涯人远乍黄昏，料得花还如我瘦。松林翠羽最相思，梦绕南枝更北枝。花神曩日盟言在，重订还山在几时？香落琴弦弹一曲，尔音千里同金玉。花如不谅余精诚，请问邓尉山樵徐友竹。"徐名坚，苏州木渎人，能诗工画，余旧交也。张文敏公《题横山西庐》云："壶中长日静中缘，我亦曾经四小年。不及苍髯墙外叟，梅花看到菊花天。"与毕公同有"心在一丘"之想。

五

姜白石云："人所易言，我寡言之；人所难言，我易言之：诗便不俗。"

六

古人诗有全篇用平声者，天随子《夏日诗》，四十字皆平声。有全篇用仄声者，梅圣俞《酌酒与妇饮》一篇皆仄声。有通首不用韵者，古《采莲曲》是也。有平仄各押韵者，唐末章碣以八句诗平仄各有一韵是也。诗家变体，宋魏菊庄《诗人玉屑》，言之最详。

七

女心外向，自古为然。南越古蛮洞，秦时最强，俗尤善弩；每发镝箭，贯十余人。赵佗畏之。蛮王有女兰珠，美而艳，制弩尤精。佗乃遣子某赘其家。不三年，尽得其制弩、破弩之法。遂起兵伐之，虏蛮王以归。此事见《粤峤志》。余赋诗云："赵王父子开边界，赖种兰珠一朵花。铜弩三千随婿去，女儿心太为夫家。"按后世开边，往往收功于妇人。洪武时，贵州宣慰使霭翠妻奢香，为都督马聘所裸挞，乃走诉京师。太祖问："朕为汝报仇，何以报我？"曰："愿立龙场九驿，通黔、蜀之道。"后果如其言。吴明卿诗云："君不见蜀道之辟五丁神，犍为万卒迷无津。帐中坐叱山河走，谁道奢香一妇人？"

八

古来奇女子，如冯嫽及冼夫人，事载史书，惜见于诗者绝少。惟石柱土司之秦良玉，能为国杀贼。明怀宗赐诗云："桃花马上请长缨。"又云："试看他年麟阁上，丹青先画美人图。"本朝朱鹿田先生作七古美之，警句云："一时巾帼尽须眉，马上红旗马前酒。蜀亡不肯树降旗，残疆犹为君王守。"又曰："绿沉枪舞春星转，花桶裙拖锦带红。"

九

僧无称"郎"之理，而北魏谚云："支郎眼中黄，形躯似智囊。"是僧可称"郎"之一证。魏有三高僧：支谦、支谅、支谶也。

一〇

香山诗："杨柳小蛮腰。"妓名也。后《寄禹锡》诗："携将小蛮去，招得老刘来。"自注云："小蛮，酒榼也。""小蛮"竟有二解。

一一

陈后山吟诗最刻苦，《九日》云："人事自生今日意，寒花只作去年香。"郑毅夫云："夜来过岭忽闻雨，今日满溪都是花。"此种句，似易实难。人能知易中之难，可与言诗。

一二

雍正甲寅，海宁陈文简公予告在家，来游西湖。人知三朝元老，观者如堵。余年十九，犹及仰瞻风采。先生仙风道骨，年已八十，犹替人题陈章侯《莲鹭图》云：“墨花吹得绿差差，小景分来太液池。白鹭不飞莲不谢，摇风立雨已多时。”书法绝似董香光。余生平所见翰林前辈，如徐蝶园相国、陈文简公、黄昆圃中丞、熊涤斋太史，皆鲁灵光也。

一三

谚云：“读书是前世事。”余幼时，家中无书，借得《文选》，见《长门赋》一篇，恍如读过，《离骚》亦然。方知谚语之非诬。毛俟园广文有句云：“名须没世称才好，书到今生读已迟。”

一四

凡作人贵直，而作诗文贵曲。孔子曰：“情欲信，词欲巧。”孟子曰：“智譬则巧，圣譬则力。”巧，即曲之谓也。崔念陵诗云：“有磨皆好事，无曲不文星。”洵知言哉！

或问：“诗如何而后可谓之曲？”余曰：“古诗之曲者，不胜数矣！即如近人王仔园《访友》云：‘乱乌栖定夜三更，楼上银灯一点明。记得到门还不扣，花阴悄听读书声。’此曲也。若到门便扣，则直矣。方蒙章《访友》云：‘轻舟一路绕烟霞，更爱山前满涧花。不为寻君也留住，那知花里即君家。’此曲也。若知是君家，便直矣。宋人《咏梅》云：‘绿杨解语应相笑，漏泄春光恰是谁？’咏《红梅》云：‘牧童睡起朦胧眼，错认桃林欲放牛。’咏梅而想到杨柳之心，牧童之眼，此曲也；若专咏梅花，便直矣。”

一五

诗虽贵淡雅，亦不可有乡野气。何也？古之应、刘、鲍、谢、李、杜、韩、苏，皆有官职，非村野之人。盖士君子读破万卷，又必须登庙堂，览山川，结交海内名流，然后气局见解，自然阔大；良友琢磨，自然精进。否则，鸟啼虫吟，沾沾自喜，虽有佳处，而边幅固已狭矣。人有乡党自好之士，诗亦有乡党自好之诗。桓宽《盐铁论》曰：“鄙儒不如都士。”信矣！

一六

吾乡宋笠田明府女，名右妍，能诗，有“残溜积来频洗砚，炉灰拨去屡添香”之句。嫁婿徐金粟，亦少年能诗。《七夕》云：“一湾河汉影，万国女儿情。”《晚坐》云：“风带残云归远岫，树摇余滴乱斜阳。”

一七

杭州赵钧台买妾苏州。有李姓女，貌佳而足欠裹。赵曰：“似此风姿，可惜土重。”土重者，杭州谚语：脚大也。媒妪曰：“李女能诗，可以面试。”赵欲戏之，即以《弓鞋》命题。女即书云：“三寸弓鞋自古无，观音大士赤双趺。不知裹足从何起，起自人间贱丈夫！”赵悚然而退。

一八

乾隆己未，京师伶人许云亭名冠一时。群翰林慕之，纠金演剧。余虽年少，而敝车羸马，无足动许者。许流目送笑，若将昵焉。余心疑之，未敢问也。次日侵晨，竟叩门而至，情款绸缪。余喜过望，赠诗云：“笙清簧暖小排当，绝代飞琼最擅场。底事一泓秋水剪，曲终人反顾周郎？”

一九

今人论诗，动言贵厚而贱薄，此亦耳食之言。不知宜厚宜薄，惟以妙为主。以两物论，狐貉贵厚，鲛绡贵薄。以一物论，刀背贵厚，刀锋贵薄。安见厚者定贵，薄者定贱耶？古人之诗，少陵似厚，太白似薄；义山似厚，飞卿似薄：俱为名家。犹之论交，谓深人难交，不知浅人亦正难交。

二〇

庚寅元旦，皇上登保和殿受朝贺，望见远处有烟腾空而起，问大学士曰：“得毋民间有失火者乎？”首相舒文襄公奏曰：“似烟非烟。”诸公服其吐属典雅。古语：“似烟非烟，是谓庆云。”

二一

陆陆堂、诸襄七、汪韩门三太史，经学渊深，而诗多涩闷，所谓学人之诗，读之令人不欢。或诵诸诗："秋草驯龙种，春罗狎雉媒。""九秋易洒登高泪，百战重经广武场。"差为可诵，他作不能称是。相传康熙间，京师三前辈主持风雅，士多趋其门。王阮亭多誉，汪钝翁多毁，刘公㦷持平。方望溪先生以诗投汪，汪斥之。次以诗投王，王亦不誉。乃投刘，刘笑曰："人各有性之所近，子以后专作文，不作诗可也。"方以故终身不作诗。近代深经学而能诗者，其郑玑尺、惠红豆、陈见复三先生乎？

二二

吟诗自注出处，昔人所无。欧公讥元稹注《桐柏观碑》，言之详矣。况诗有待于注，便非佳诗。韩门先生《蚊烟诗》十二韵，注至八行，便是蚊类书，非蚊诗也。《赠友》云："知来匪鹊休论往，为主如鸿喜得宾。"上句注："《淮南子》：'干鹊知来而不知往。'"下句注："《孔疏》：'鸿以先至者为主，后至者为宾。'"作诗何苦乃尔？惟张雪子云南典试归，将近长安而殁，先生哭之云："路纾双节重，天近一星沉。"便觉清妙。又有《咏柳絮》一绝云："沾襟撩袖自矜妍，未化为萍绝可怜。叹息春风竟何意，团揉无处不成绵。"

二三

或问："明七子摹仿唐人，王阮亭亦摹仿唐人。何以人爱阮亭者多，爱七子者少？"余告之曰："七子击鼓鸣钲，专唱宫商大调，易生人厌。阮亭善为角徵之声，吹竹弹丝，易入人耳。然七子如李崆峒，虽无性情，尚有气魄。阮亭于气魄、性情，俱有所短：此其所以能取悦中人，而不能牢笼上智也。"

二四

南朝人云："鹅性最傲，鹤更甚焉。"余尝畜一鹤，偶过池堤甚窄，鹤故意张翅拦之，颇为所窘。后读陆甥诗云："境仄鹤妨人去路，窗虚云搅雨来天。"方赏其词之工。

二五

诗虽小技，然必童而习之。入手先从汉、魏、六朝，下至三唐、两宋，自然源流各得，脉络分明。今之士大夫，已竭精神于时文八股矣；宦成后，慕诗名而强为之，又慕大家之名而挟取之。于是所读者，在宋非苏即黄，在唐非韩则杜，此外付之不观。亦知此四家者，岂浅学之人所能袭取哉？于是专得皮毛，自夸高格，终身由之，而不知其道。《书》曰："德无常师，主善为师。"子贡曰："夫子焉不学？而亦何常师之有？"此作诗之要也。陶篁村曰："先生之言固然，然亦视其人之天分耳。与诗近者，虽中年后，可以名家；与诗远者，虽童而习之，无益也。磨铁可以成针，磨砖不可以成针。"

二六

余于古人之诗，无所不爱，恰无偏嗜者。于今人之诗，亦无所不爱，恰于高文良公《味和堂集》、黄莘田先生《香草斋诗》，有偏嗜焉。岂亦性之所近耶？

二七

诗得一字之师，如红炉点雪，乐不可言。余祝尹文端公寿云："休夸与佛同生日，转恐恩荣佛尚差。"公嫌"恩"字与佛不切，应改"光"字。《咏落花》云："无言独自下空山。"邱浩亭云："空山是落叶，非落花也；应改'春'字。"《送黄宫保巡边》云："秋色玉门凉。"蒋心余云："'门'字不响，应改'关'字。"《赠乐清张令》云："我惭灵运称山贼。"刘霞裳云："'称'字不亮，应改'呼'字。"凡此类，余从谏如流，不待其词之毕也。浩亭诗学极深，惜未得其遗稿。

二八

春江公子，戊午孝廉，貌如美妇人；而性倜傥，与妻不睦，好与少俊游，或同卧起，不知乌之雌雄。尝赋诗云："人各有性情，树各有枝叶；与为无盐夫，宁作子都妾。"其父中丞公见而怒之。公子又赋诗云："古圣所制礼，立意何深妙！但有烈女祠，而无贞童庙。"中丞笑曰："贱子强词夺理，乃至是耶！”后乙丑入翰林，妻杨氏亡矣。再娶吴氏，貌与相抵，遂欢爱异常。余赠诗云：“安得唐宫针博士，唤来赵国绣郎君。”尝观剧于天禄居，有参领某，误认作伶人而调之，公子笑而避之。人为不平。公子曰：“夫狎我者，爱我也。子独不见《晏子春秋·谏诛圉人》章乎？惜彼非吾偶耳，怒之则俗矣。”参领闻之，踵门谢罪。

二九

诗少作则思涩，多作则手滑；医涩须多看古人之诗，医滑须用剥进几层之法。

三〇

萧子显自称：“凡有著作，特寡思功；须其自来，不以力构。”此即陆放翁所谓“文章本天然，妙手偶得之”也。薛道衡登吟榻构思，闻人声则怒；陈后山作诗，家人为之逐去猫犬，婴儿都寄别家：此即少陵所谓“语不惊人死不休”也。二者不可偏废：盖诗有从天籁来者，有从人巧得者，不可执一以求。

三一

宋王禹偁《咏月波楼》，自注：“不知月波出处。”按汉乐府“月穆穆以金波”，昌黎诗“微风吹空月舒波”，已用之矣。

三二

诗文用字，有意同而字面整碎不同、死活不同者，不可不知。杨文公撰《宋主与契丹书》，有“邻壤交欢”四字。真宗用笔旁抹批云：“鼠壤？粪壤？”杨公改“邻壤”为“邻境”，真宗乃悦。此改碎为整也。范文正公作《子陵祠堂记》，初云：“先生之德，山高水长。”旋改“德”字为“风”字，此改死为活也。《荀子》曰：“文而不采。”《乐记》曰：“声成文谓之音。”今之诗流，知之者鲜矣！

三三

《唐书》载：“贺知章在礼部选挽郎，取舍不公，门荫子弟喧闹盈门。知章不敢出，乃于后园舁一梯，出头墙外，以决事。”康熙辛丑会试，李穆堂先生用通榜法，所取皆一时名士。落第者纠众作闹，新进士无由入谒。或呈一诗云：“门生未必敢升堂，道路纷纷闹未央。我献一梯兼一策，墙头高立贺知章。”丙辰，予在都中，见先生白须伟貌，有泰山岩岩气象。待后辈，当面必训斥，逢人必赞扬，人以故畏而服之。余谓此张乖崖待彭公乘法也。前辈率真，亦可不必。

三四

周青原云：“不知谁把芙蓉摘，枝上分明见爪痕。”刘悔庵云：“镜影不知双鬓白，书声宁识此翁衰？”余谓：“不知得妙。”王至淳云：“水边红影一灯过，知有人从堤上行。”杨子载云：“忽惊雨后青龙爪，知是苍松倒挂枝。”余谓：“知得妙。”乔慕韩云：“梦回枕上窗微白，知是天明是月明？”余谓：“似知非知得妙。”

三五

宜兴储氏多古文经义之学，少吟诗者。吾近今得二人焉：一名润书，字玉琴，《赠梅岑》云：“一曲吴歌酒半醺，当筵争识杜司勋。天花作骨丝难绣，春水如情剪不分。话到西窗刚近月，人于东野愿为云。应知此后相思处，日日江头倚夕曛。”又句云：“山气作寒啼鸟外，春阴如梦落花初。”其一名国钧，字长源。《梁溪》云：“纸鸢轻扬午晴开，杂沓游人傍水隈。多半画船犹未拢，知从池上饲鱼来。”《即目》云：“日午横塘缓棹过，风吹花气荡层波。依篷不肯轻回首，近水楼台茜袖多。”晚年飘泊，《六十自寿》云：“谁言老去离家惯？转恐归来卒岁难。”窘状可想。他如：“树凉宜散帙，梅尽始熏衣。”“烟消松翠淡，雪堕柳枝轻。”“酒旗翻冻雪，土铫燎征衣。”“岚翠忽从亭午变，扇纨都向嫩晴开。”“银筝度曲徐牵舫，镜槛悬灯不隔纱。”皆诗人之诗。殁后，知之者少矣！

卷五

一

乙亥秋，余吊于绵庄家。绵庄指一少年告我曰："此严冬友秀才也，年未弱冠。前日学使问《笙诗》有声无辞，生条举十六家之说，以辨其非。"余心敬之。已而见过，以《秀容小草》相示。《晚眺》云："别院鸣钟鼓，登楼报晚晴。一山清有待，千树暖无声。渐得东风信，弥伤旅客情。沧洲明发早，应负好春生。"《舟次仇湖》云："际天双岸失，出雾一帆轻。"

二

杭州宴会，俗尚盲女弹词。予雅不喜，以为女之首重者目也，清胪不盼，神采先无。有王三姑者，雅好文墨，对答名流，人人如其意之所出。王梦楼侍讲作七古一章，中有八句云："成君浮磬子登璈，金醴曾经侍玉霄。谪降道缘犹未减，不将青眼看尘嚣。纨质由来兼黠慧，传神岂待秋波媚？轻云冉冉月宜遮，香雾濛濛花爱睡。"杭堇浦赠诗云："晓妆梳掠逐时新，巧笑生春又善颦。道客胜常知客姓，目中莫谓竟无人。""檀槽圆股晓生寒，也学曹刚左手弹。众里自嫌衰太甚，幸无老态被卿看。"

三

常州顾文炜有《苦吟》一联云："不知功到处，但觉诵来安。"又云："为求一字稳，耐得半宵寒。"深得作诗甘苦。

四

人畏冷，卧必弯身。高翰起司马《宿明港驿》云："灯昏妨睡频移背，衾薄愁寒屡曲腰。"野行者尝见牛背上负群鸟而行。鲁星村云："春田牛背鸠争落，野店墙头花乱开。"船小者，人不能起立。程鱼门云："别开新样殊堪哂，跪着衣裳卧读书。"

五

戊戌九月，余寓吴中。有嘉禾少年吴君文溥来访，袖中出诗稿见示，云将就陕西毕抚军之聘，匆匆别去。予读其诗，深喜吾浙后起有人，而叹毕公之能怜才也。录其《游孤山》云："春风欲来山已知，山南梅萼先破枝。高人去后春草草，万古孤山迹如扫。巢居阁畔酒可沽，幸有我来山未孤。笑问梅花肯妻我，我将抱鹤家西湖。"其他佳句，如："不知新月上，疑是水沾衣。""底事春风欠公道，儿家门巷落花多。"深得唐人风味。

六

巢县汤郎中，名懋纲，性高淡，如其吟咏。《早起》云："老杏着东风，红芳几回变。何必远寻春，日日墙头见。昨夜雨无声，地上青苔遍。早起快登楼，钩帘进双燕。"他如："溪清山影入，风动竹阴移。""游山心在山，合眼飞岚绕。"真得静中三昧者。其子扩祖能诗，有父风；过随园见访不值，寄诗云："花含宿雨柳含烟，隐士园林别有天。高卧白云人不见，一家鸡犬翠微巅。"

七

吴中七子，有赵损之而无张少华，二人交好，忽中道不终，都向余啧啧有言；而余亦不能为两家骑驿也。未十年，张一第而卒，赵亦殉难金川。史弥远云："早知泡影须臾事，悔把恩仇抵死分。"信哉！少华《苏堤》三首云："拍堤新涨碧于罗，堤上游人连臂歌。笑指纷纷水杨柳，那枝眠起得春多。""碧琉璃净夜云轻，箫管无声露气清。好是柳阴花影里，月华如水踏莎行。""沙棠衔尾按筝琶，邻舫停桡静不哗。云母窗中双鬓影，亭亭低映小红纱。"《消夏》云："水厄不辞茶七碗，火攻愁对烛三条。"

八

王道士至淳有句云："东风大是无知物，吹老春光昼转长。"黄星岩有句云："饭余一睡都成例，五月何曾觉昼长。”陈古渔有句云：“静坐晴冬昼亦长。”三押“长”字，俱妙。

九

咏古诗有寄托固妙，亦须读者知其所寄托之意，而后觉其诗之佳。卢雅雨先生长不满三尺，人呼“矮卢”，故《题李广庙》云：“明禋自有千秋貌，不在封侯骨相中。”薛皆三进士，门生甚少，《题〈桃源图〉》云：“桃花不相拒，源路自家寻。”余起病补官，年未四十，《题邯郸庙》云：“黄粱未熟天还早，此梦何妨再一回？”

一〇

从古权贵在朝，未有能和协者。宋人《登山》诗云：“直到天门最高处，不能容物只容身。”唐人《闺情》云：“若非形与影，未必肯相容。”《宫词》云：“闻有美人新进入，六宫无语一齐愁。”又曰：“三千宫女如花貌，几个春来没泪痕？”皆可谓说尽世情。

一一

人有满腔书卷，无处张皇，当为考据之学，自成一家；其次，则骈体文，尽可铺排。何必借诗为卖弄？自《三百篇》至今日，凡诗之传者，都是性灵，不关堆垛。惟李义山诗，稍多典故；然皆用才情驱使，不专砌填也。余续司空表圣《诗品》，第三首便曰“博习”，言诗之必根于学，所谓“不从糟粕，安得精英”是也。近见作诗者，全仗糟粕，琐碎零星，如剃僧发，如拆袜线，句句加注，是将诗当考据作矣。虑吾说之害之也，故续元遗山《论诗》，末一首云：“天涯有客号詅痴，误把抄书当作诗。抄到钟嵘《诗品》日，该他知道性灵时。”

一二

宋人论诗，多不可解。杨蟠《金山》诗云：“天末楼台横北固，夜深灯火见扬州。”的是金山，不可移易。而王平甫以为是牙人量地界诗。严维：“柳塘春水慢，花坞夕阳迟。”的是静境，无人道破。而刘贡父以为“春水慢”不须“柳坞”。孟东野《咏吹角》云：“似开孤月口，能说落星心。”月不闻生口，星忽然有心。穿凿极矣，而东坡赞为奇妙。皆所谓好恶拂人之性也。

一三

元遗山讥秦少游云：“‘有情芍药含春泪，无力蔷薇卧晚枝。’拈出昌黎《山石》句，方知渠是女郎诗。”此论大谬。芍药、蔷薇，原近女郎，不近山石，二者不可相提而并论。诗题各有境界，各有宜称。杜少陵诗，“光焰万丈”；然而“香雾云鬟湿，清辉玉臂寒”，“分飞蛱蝶原相逐，并蒂芙蓉本是双。”韩退之诗，“横空盘硬语”，然“银烛未销窗送曙，金钗半醉坐添春”，又何尝不是“女郎诗”耶？《东山》诗：“其新孔嘉，其旧如之何？”周公大圣人，亦且善谑。

一四

抱韩、杜以凌人，而粗脚笨手者，谓之权门托足。仿王、孟以矜高，而半吞半吐者，谓之贫贱骄人。开口言盛唐及好用古人韵者，谓之木偶演戏。故意走宋人冷径者，谓之乞儿搬家。好叠韵、次韵，剌剌不休者，谓之村婆絮谈。一字一句，自注来历者，谓之骨董开店。

一五

作古体诗，极迟不过两日，可得佳构；作近体诗，或竟十日不成一首。何也？盖古体地位宽余，可使才气卷轴；而近体之妙，须不着一字，自得风流，天籁不来，人力亦无如何。今人动轻近体，而重古风，盖于此道，未得甘苦者也。叶庶子书山曰：“子言固然。然人功未极，则天籁亦无因而至。虽云天籁，亦须从人功求之。”知言哉！

一六

诗人家数甚多，不可硁硁然域一先生之言，自以为是，而妄薄前人。须知王、孟清幽，岂可施诸边塞？杜、韩排奡，未便播之管弦。沈、宋庄重，到山野则俗。卢仝险怪，登庙堂则野。韦、柳隽逸，不宜长篇。苏、黄瘦硬，短于言情。悱恻芬芳，非温、李、冬郎不可。属词比事，非元、白、梅村不可。古人各成一家，业已传名而去。后人不得不兼综条贯，相题行事。虽才力笔性，各有所宜，未容勉强；然宁藏拙而不为则可，若护其所短，而反讥人之所长，则不可。所谓以宫笑角、以白诋青者，谓之陋儒。范蔚宗云："人识同体之善，而忘异量之美。此大病也。"蒋苕生太史《题〈随园集〉》云："古来只此笔数枝，怪哉公以一手持。"余虽不能当此言，而私心窃向往之。

一七

古人门户虽各自标新，亦各有所祖述。如《玉台新咏》、温、李、西昆，得力于《风》者也。李、杜排奡，得力于《雅》者也。韩、孟奇崛，得力于《颂》者也。李贺、卢仝之险怪，得力于《离骚》《天问》《大招》者也。元、白七古长篇，得力于初唐四子；而四子又得之于庾子山及《孔雀东南飞》诸乐府者也。今人一见文字艰险，便以为文体不正。不知"载鬼一车""上帝板板"，已见于《毛诗》《周易》矣。

一八

诗宜朴不宜巧，然必须大巧之朴；诗宜淡不宜浓，然必须浓后之淡。譬如大贵人，功成宦就，散发解簪，便是名士风流。若少年纨挎，遽为此态，便当笞责。富家雕金琢玉，别有规模；然后竹几藤床，非村夫贫相。

一九

牡丹诗最难出色。唐人"国色朝酣酒，天香夜染衣"之句，不如"嫩畏人看损，娇疑日炙消"之写神也。其他如："应为价高人不问，恰缘香甚蝶难亲。"别有寄托。"买栽池馆疑无地，看到子孙能几家？"别有感慨。宋人云："要看一尺春风面。"俗矣！本朝沙斗初云："艳薄严妆常自重，明明薄醉要人扶。"裴春台云："一栏并力作春色，百卉甘心奉盛名。"罗江村云："未必美人多富贵，断无仙子不楼台。"胡稚威云："非徒冠冕三春色，真使能移一世心。"程鱼门云："能教北地成香界，不负东风是此花。"此数联，足与古人颉颃。元人《贬牡丹诗》云："枣花似小能成实，桑叶虽粗解作丝。惟有牡丹如斗大，不成一事又空枝。"晁无咎《并头牡丹》云："月下故应相伴语，风前各自一般愁。"

二〇

诗以比兴为佳。王孟亭箴舆守怀庆时，与卢中丞焯同寅。王被劾罢官。二十年后，卢为浙江巡抚。王往见之，卢相待甚优，许其荐举。而王自伤老矣，不欲再谈往事。《西湖小集》诗云："再移画舫春应老，重拨朱弦恨转生。"

二一

岳大将军钟琪，为一代名将；容状奇伟，食饮兼人，而工于吟诗。丙辰赦归后，种菜于四川之百花洲。尹文端公赠诗云："他日玉书传诏日，江天何处觅渔翁？"未几，王师征金川，果复起用。《过邯郸题壁》云："只因未了尘寰事，又作封侯梦一场。"周兰坡学士祭告西岳，所过僧壁山岩，见题诗甚佳，字亦奇古，款落"容斋"，不知即岳公也。

二二

诗家活对最妙。宋人《赠某》云："每怜民若子，还喜稻成孙。"真山民《咏杜鹃》云："归心千古终难白，啼血万山都是红。"华亭李进《哭友》云："诔词作自先生妇，遗稿归于后死朋。"王介祉《咏牡丹》云："相公自进姚黄种，妃子偏吟李白诗。"李穆堂《贺安溪相公生子》云："其间原必有，几日辨之无。"沈淑园《登陶然亭》云："每来此地皆重九，有约同游至再三。"胡宗绪祭酒《赠友》云："两人拍手齐大笑，一路同行到小姑。"皆活对也。

二三

扬州为盐贾所居，风尚侈靡。崔尚书应阶诗云："青山也厌扬州俗，多少峰峦不过江。"郑板桥诗云："千家生女先教曲，十里栽花当种田。"

二四

诗有有篇无句者，通首清老，一气浑成，恰无佳句令人传诵。有有句无篇者，一首之中，非无可传之句，而通体不称，难入作家之选。二者一欠天分，一欠工夫。必也有篇有句，方称名手。

二五

诗须善学，暗偷其意，而显易其词。如《毛诗》：“嗟我怀人，置彼周行。”唐人学之，云“提笼忘采叶，昨夜梦渔阳”是也。唐人诗云：“忆得去年春风至，中庭桃李映琐窗。美人挟瑟对芳树，玉颜亭亭与花双。今年花开如旧时，去年美人不在兹。借问离居恨深浅，只应独有庭花知。”宋人学之云：“去年除夕归自北，行李到门天已黑。今年除夕客南方，雪满关山归不得。老妻望我眼将穿，只道今年似去年。古树夕阳鸦影乱，犹同小女立门前。”

二六

白香山诗云：“周公恐惧流言日，王莽谦恭下士时。若使当时身早死，两人真伪有谁知？”宋人反其意，曰：“少年胯下安无忤，老父圯边愕不平。人物若非观岁暮，淮阴何必减文成？”

二七

余少贫不能买书，然好之颇切。每过书肆，垂涎翻阅；若价贵不能得，夜辄形诸梦寐。曾作诗曰：“塾远愁过市，家贫梦买书。”及作官后，购书万卷，翻不暇读矣。有如少时牙齿坚强，贫不得食；衰年珍羞满前，而齿脱腹果，不能餍饫，为可叹也！偶读东坡《李氏山房藏书记》，甚言少时得书之难，后书多而转无人读，正与此意相同。

二八

老年之诗多简练者，皆由博返约之功。如陈年之酒，风霜之木，药淬之匕首，非枯槁闲寂之谓。然必须力学苦思，衰年不倦，如南齐之沈麟士，年过八旬，手写三千纸，然后可以压倒少年。

二九

余门生谈羽仪，字毓奇，家富而好买书，自署一联曰："闭户自知精力减，贮书还望子孙贤。"

三〇

用事如用兵，愈多愈难。以汉高之雄略，而韩信只许其能用十万。可见部勒驱使，谈何容易！有梁溪少年作怀古诗，动辄二百韵。予笑曰："子独不见唐人《咏蜀葵》诗乎？"其人请诵之。曰："能共牡丹争几许，被人嫌处只缘多。"

三一

某太史掌教金陵，戒其门人曰："诗须学韩、苏大家，一读温、李，便终身入下流矣。"余笑曰："如温、李方是真才，力量还在韩、苏之上。"太史愕然。余曰："韩、苏官皆尚书、侍郎，力足以传其身后之名。温、李皆末僚贱职，无门生故吏为之推挽，公然名传至今，非其力量尚在韩、苏之上乎？且学温、李者，唐有韩偓，宋有刘筠、杨亿，皆忠清鲠亮人也。一代名臣，如寇莱公、文潞公、赵清献公，皆西昆诗体，专学温、李者也，得谓之下流乎？"

三二

明洪紫溪自言："三十年读书，才消得胸中'状元'二字。"陋哉言乎！如欲状元之名副其实，则"状元"二字，胸中不可一日忘也。如倚状元为骄人之具，则"状元"二字，胸中不可一日不忘也。何待读书三十年哉？味其言，紫溪自以为忘，正其终身不忘之证。同年钱文敏公《胪唱第一口号》云："自惭才出刘蕡下，独对春风转厚颜。"其胸襟出紫溪上矣！

三三

郑夹漈极夸杜征南之注《左传》、颜师古之注《汉书》，妙在不强不知以为知。杜不长于鸟兽虫鱼，颜不长于天文地理，故俱缺之，不假他人以訾议也。余谓作诗亦然，青莲少排律，少陵少绝句，昌黎少近体。善藏其短，而长乃愈见。

三四

人悦西施，不悦西施之影。明七子之学唐，是西施之影也。

三五

皋陶作歌，禹、稷无闻；周、召作诗，太公无闻；子夏、子贡可与言诗，颜、闵无闻。人亦何必勉强作诗哉？

卷六

一

王荆公作文，落笔便古；王荆公论诗，开口便错。何也？文忌平衍，而公天性拗执，故琢句选词，迥不犹人。诗贵温柔，而公性情刻酷，故凿险缒幽，自堕魔障。其平生最得意句云："青山扪虱坐，黄鸟挟书眠。"余以为首句是乞儿向阳，次句是村童逃学。然荆公恰有佳句，如："近无船舫犹闻笛，远有楼台只见灯。"可谓生平杰作矣。

二

卢抱经学士，有《张迁碑》，拓手甚工。其同年秦涧泉爱而乞之，卢不与。一日，乘卢外出，入其书舍，攫至袖中。卢知之，追至半途，仍篡取还。未半月，秦暴亡。卢往奠毕，忽袖中出此碑，哭曰："早知君将永诀，我当时何苦如许吝耶？今耿耿于心，特来补过。"取帖出，向灵前焚之。予感其风义，为作诗云："一纸碑文赠故交，胜他十万纸钱烧。延陵挂剑徐君墓，似此高风久寂寥。"

三

用巧无斧凿痕，用典无填砌痕，此是晚年成就之事。若初学者，正要他肯雕刻，方去费心；肯用典，方去读书。

四

诗情愈痴愈妙。红兰主人《归途赠朱赞皇》云："大漠归来至半途，闻君先我入京都。此宵我有逢君梦，梦里逢君见我无？"许宜媖《寄外》云："柳风梅雨路漫漫，身不能飞着翅难。除是今宵同入梦，梦时权作醒时看。"

五

欧公学韩文，而所作文，全不似韩：此八家中所以独树一帜也。公学韩诗，而所作诗颇似韩：此宋诗中所以不能独成一家也。

六

七律始于盛唐，如国家缔造之初，宫室粗备，故不过树立架子，创建规模；而其中之洞房曲室，网户罘罳，尚未齐备。至中、晚而始备，至宋、元而愈出愈奇。明七子不知此理，空想挟天子以临诸侯，于是空架虽立，而诸妙皆捐。《淮南子》曰："鹦鹉能言，而不能得其所以言。"

七

郑板桥爱徐青藤诗，尝刻一印云："徐青藤门下走狗郑燮。"童二树亦重青藤，《题青藤小像》云："抵死目中无七子，岂知身后得中郎？"又曰："尚有一灯传郑燮，甘心走狗列门墙。"

八

尹文端公于近体诗，推敲最细。尝招陈太常星斋、申副宪笏山小集。申和"廉"字云："得天厚只论诗刻，待客丰惟自奉廉。"余按：宋人亦有句云："诗律伤严似寡恩。"

九

唐有无名氏诗云："烈风拔大树，未拔根已露。上有寄生草，依依犹未悟。"明季国事危矣，姚雪庵大司马在朝，有友画猴儿抱藤眠枯树上寄之，题云："猴儿要醒而今醒，莫待藤枯树倒时。"

一〇

人问："妓女始于何时？"余云："三代以上，民衣食足而礼教明，焉得有妓女？惟春秋时，卫使妇人饮南宫万以酒，醉而缚之。此妇人当是妓女之滥觞。不然，焉有良家女而肯陪人饮酒乎？若管仲之女闾三百，越王使罢女为士缝衽：固其后焉者矣。"戴敬咸进士，过邯郸，见店壁题云："妖姬从古说丛台，一曲琵琶酒一杯。若使桑麻真蔽野，肯行多露夜深来？"用意深厚，惜忘其姓名。

一一

凡作诗，写景易，言情难。何也？景从外来，目之所触，留心便得；情从心出，非有一种芬芳悱恻之怀，便不能哀感顽艳。然亦各人性之所近：杜甫长于言情，太白不能也；永叔长于言情，子瞻不能也。王介甫、曾子固偶作小歌词，读者笑倒，亦天性少情之故。

一二

周德卿之言曰："文章徒工于外者，可以惊四筵，不可以适独坐。"斯言也，余颇非之。文章非比阴德，不求人知。景星庆云，明珠美玉，谁不一见即知宝贵哉？吟蛩唧唧，呓语愔愔，彼虽自鸣得意，岂足传之不朽？得之虽苦，出之须甘；出人意外者，仍须在人意中，古名家皆然。况四座之惊，有知音，有不知音；独坐之适，有敝帚之享，有寸心之知，不可一概而论。

一三

司空表圣论诗，贵得味外味。余谓今之作诗者，味内味尚不能得，况味外味乎？要之，以出新意、去陈言，为第一着。《乡党》云："祭肉不出三日；出三日，则不食之矣。"能诗者，其勿为三日后之祭肉乎！

一四

博士卖驴，书券三纸，不见"驴"字，此古人笑好用典者之语。余以为：用典如陈设古玩，各有攸宜：或宜堂，或宜室，或宜书舍，或宜山斋；竟有明窗净几，以绝无一物为佳者，孔子所谓"绘事后素"也。世家大族，夷庭高堂，不得已而随意横陈，愈昭名贵。暴富儿自夸其富，非所宜设而设之，置械窬于大门，设尊罍于卧寝，徒招人笑。吴西林云："诗以意为主，以辞采为奴婢。苟无意思作主，则主弱奴强；虽僮指千人，唤之不动。古人所谓诗言志，情生文，文生韵，此一定之理。今人好用典，是无志而言诗；好叠韵，是因韵而生文；好和韵，是因文而生情。儿童斗草，虽多亦奚以为！"

一五

欲作佳诗，先选好韵。凡其音涉哑滞者、晦僻者，便宜弃舍。“葩”即“花”也，而“葩”字不亮；“芳”即“香”也，而“芳”字不响。以此类推，不一而足。宋、唐之分，亦从此起。李、杜大家，不用僻韵；非不能用，乃不屑用也。昌黎斗险，掇《唐韵》而拉杂砌之，不过一时游戏，如僧家作盂兰会，偶一布施穷鬼耳。然亦止于古体、联句为之。今人效尤务博，竟有用之于近体者，是犹奏雅乐而杂侏儒，坐华堂而宴乞丐也，不已慎乎！

一六

元相称韩舍人诗：“欲得人人服，能教面面全。”又曰：“玉磬声声彻，金铃个个圆。”韩舍人，即昌黎也。昌黎硬语横空，而元相以此二联称之。此中消息，非深于诗者不知。

一七

怀古诗，乃一时兴会所触，不比山经、地志，以详核为佳。近见某太史《洛阳怀古》四首，将洛下故事，搜括无遗，竟有一首中，使事至七八者。编凑拖沓，茫然不知作者意在何处。因告之曰：“古人怀古，只指一人一事而言，如少陵之《咏怀古迹》；一首武侯，一首昭君，两不相羼也。刘梦得《金陵怀古》，只咏王濬楼船一事，而后四句，全是空描。当时白太傅谓其‘已探骊珠，所余鳞甲无用’。真知言哉！不然，金陵典故，岂王濬一事？而刘公胸中，岂止晓此一典耶？”

一八

余幼时家贫，除“四书”“五经”外，不知诗为何物。一日，业师外出，其友张自南先生携书一册，到馆求售，留札致师云：“适有亟需，奉上《古诗选》四本，求押银二星。实荷再生，感非言罄。”予舅氏章升扶见之，语先慈曰：“张先生以二星之故，而词哀如此，急宜与之。留其诗可，不留其诗亦可。”予年九岁，偶阅之，如获珍宝。始《古诗十九首》，终于盛唐。伺业师他出，及岁终解馆时，便吟咏而摹仿之。呜呼！此余学诗所由始也。自南先生其益我不已多乎！

一九

余在桂林，淑兰女弟子偶过随园，题壁见怀云："为访桃源偶驻车，仙云何处落天涯？喜看几笔簪花字，犹领春风护绛纱。""几度蒙招未得过，居然人似隔天河。偷公朝考句。非关学得嵇康懒，半为风多半病多。"

二〇

周栎园论诗云："学古人者，只可与之梦中神合；不可使其白昼现形。"至哉言乎！

二一

武将能诗，皆由天授。刘大刀名綎，本姓龚，湖广人。其七世孙某来作江宁都司，诵其先人遗句云："剪发接缰牵战马，拆袍抽线补旌旗。胸中多少英雄泪，洒上云蓝纸不知！"戚继光亦有警句云："风尘已老塞门臣，欲向君王乞此身。一夜秋霜零短鬓，明朝不是镜中人！"

二二

全祖望字谢山，以丙辰春闱先入词馆，故九月间不与鸿博之试。丁巳，散馆外用，谢山不乐，赋诗呈李穆堂侍郎云："生平坐笑陶彭泽，岂有牵丝百里才？秫未成醪身已去，先几何待督邮来？"有乩仙传谢山为钱忠介公后身者，故有《举子》诗云："释子语轮回，闻之辄加嗔。有客妄附会，云我具夙根。琅江老督相，于我乃前身。一笑妄应之，燕说谩云云。"按谢山年三十六，方娶满洲学士春台之女，逾年举子。时忠介公后人名芍亭者，侵晨入贺。谢山惊曰："何知之神耶？"芍亭曰："夜来寒影堂中，不知何人扬言曰：'谢山得子。'故来贺耳。"此事，朱心池为余言之。余悔在都见谢山时，不曾一问。

二三

诗分唐、宋，至今人犹恪守。不知诗者，人之性情；唐、宋者，帝王之国号。人之性情，岂因国号而转移哉？亦犹道者人人共由之路，而宋儒必以道统自居，谓宋以前直至孟子，此外无一人知道者。吾谁欺？欺天乎？七子以盛唐自命，谓唐以后无诗，即宋儒习气语。倘有好事者，学其附会，则宋、元、明三朝，亦何尝无初、盛、中、晚之可分乎？节外生枝，顷刻一波又起。《庄子》曰："辨生于末学。"此之谓也。

二四

余引泉过水西亭，作五律，起句云："水是悠悠者，招之入户流。"隔数年，改为："水澹真吾友，招之入户流。"孔南溪方伯见曰："求工反拙，以实易虚，大不如原本矣！"余憬然自悔，仍用前句。因忆四十年来，将诗改好者固多，改坏者定复不少。

二五

诗人用字，大概不拘字义。如上下之"下"，上声也；礼贤下士之"下"，去声也。杜诗："广文到官舍，系马堂阶下。"又："朝来少试华轩下，未觉千金满高价。"是借上声为去声矣。王维："公子为嬴停四马，执辔愈恭意愈下。"是借去声为上声矣。

二六

时文之学，有害于诗；而暗中消息，又有一贯之理。余案头置某公诗一册，其人负重名。郭运青侍讲来，读之，引手横截于五七字之间，曰："诗虽工，气脉不贯。其人殆不能时文者耶？"余曰："是也。"郭甚喜，自夸眼力之高。后与程鱼门论及之，程亦韪其言。余曰："古韩、柳、欧、苏，俱非为时文者，何以诗皆流贯？"程曰："韩、柳、欧、苏所为策论应试之文，即今之时文也。不曾从事于此，则心不细，而脉不清。"余曰："然则今之工于时文而不能诗者，何故？"程曰："庄子有言：'仁义者，先王之蘧庐也；可以一宿，而不可以久处也。'今之时文之谓也。"

二七

梅耦长咏《绿梅》云："闻说绿珠真绝世，我来偏见坠楼时。"归安有五亭山人者，姓吴，名斯洺，咏《桐子》云："堕地绿珠人不见，至今但觉画楼高。"二诗相似。又，《嘲牡丹》云："蝶使蜂媒齐用力，万花丛里看擒王。"可云奇绝。

二八

王阳明集中云："正德庚辰八月，梦见郭璞，极言王导奸邪在王敦之上。故公诗责导云：'事成同享帝王贵，事败仍为顾命臣。'璞亦有诗云：'倘其为我一表扬，万世万世万万世。"'余按此说，与苏子瞻梦中人告以唐杨绾之好杀；陶贞白《真诰》言晋太尉郗鉴之贪酷：皆与史册相反。

二九

酒肴百货，都存行肆中。一旦请客，不谋之行肆，而谋之于厨人。何也？以味非厨人不能为也。今人作诗，好填书籍，而不假炉锤，别取真味；是以行肆之物，享大宾矣。

卷七

一

通州李方膺晴江，工画梅，傲岸不羁。罢官，寓江宁项氏花园，日与沈补萝及余游览名山，人观者号“三仙出洞”。《题画梅》云：“写梅未必合时宜，莫怪花前落墨迟。触目横斜千万朵，赏心只有两三枝。”《秋葵》云：“肃瑟风吹永巷长，采衣非复旧时黄。到头只觉君恩重，常自倾心向太阳。”晴江牧滁州，见醉翁亭古梅，伏地再拜。其风趣如此。

二

余自幼，诗文不喜平熟。丙辰，诸征士集京师，独心折于山阴胡天游稚威。尝言：“吾于稚威，则师之矣；吾于元木、循初，则友之矣；其他某某，则事我者也。”元木者周君大枢，循初者万君光泰也。稚威骈体文，直掩徐、庾，散行耻言宋代，一以唐人为归。诗学韩、孟，过于涩拗。今录其近人者。如《明妃》云：“天低海水西流处，独有琵琶堪解语。断丝枯木本无情，犹胜人心百千许。”咏《谏果》云：“苦口众所挥，余甘几人赏。置蜜锟铻端，或者如舐掌。”《赠某营将》云：“大声当鼓急，片影落枪危。剑血看生瘿，天狼对持髭。”皆奇句也。亦有风韵独绝者，《晓行》云：“梦阑莺唤穆陵西，驿吏催诗雨拂衣。行客落花心事别，无端俱趁晓风飞。”

丁巳春，予与元木、循初同在稚威寓中，夜眠听雨，元木见赠一篇云：“文章之家无不有，袁郎二十胆如斗。”诗甚奇诡，不能备录。壬申岁，余起病至长安，元木再赠七古。起句云：“忆昔相见长安邸，志气如虹挂千里。狂飞大句风雨来，头没酒杯笑不已。”真乃替余少时写照。元木廷试报罢，果毅公讷亲延为上客。每公余之暇，命讲《通鉴》数则，亦想见当日公卿风雅也。元木诗最坚瘦，独咏《桃花》颇婉丽。其词曰："寂寂朱尘度岁华，又惊春色到桃花。五陵游客知何限，只有渔人最忆家。"《管仲墓》云："浪说儒门羞五尺，至今江左几夷吾？"

早行诗，二人同调，而皆有妙境。梁药亭云："鸿雁自南人自北，一时来往月明中。"元木云："行人飞鸟都何事，一样冲寒度晓堤。"周兰坡学士多髯，冬日同元木咏雪，和东坡"尖叉"韵。元木押"盐"字韵云："修髯绕作离离竹，妙句清于《昔昔盐》。"

三

孙过庭《书谱》云："学书者初学先求平正；进功须求险绝；成功之后，仍归平正。"予谓学诗之道，何以异是？

四

为人，不可以有我，有我则自恃很用之病多；孔子所以"无固"、"无我"也。作诗，不可以无我，无我则剿袭敷衍之弊大；韩昌黎所以"惟古于词必己出"也。北魏祖莹云："文章当自出机杼，成一家风骨，不可寄人篱下。"

五

诗有现前指点语最佳。香树尚书《题红叶》云："一夜流传霜信遍，早衰多是出头枝。"程鱼门《观打渔》云："旁人束手休相怪，空网由来撒最多。"张哲士《观弈》云："笑渠敛手推枰后，始羡从旁拢袖人。"宋人诗云："无事闭门防俗客，爱闲能有几人来？"哲士《月夜》云："恐有闲人能见访，满庭凉影未关门。"两意相反，而皆有味。

六

唐以前，未有不熟精《文选》理者，不独杜少陵也。韩、柳两家文字，其浓厚处，俱从此出。宋人以八代为衰，遂一笔抹杀，而诗文从此平弱矣。汉阳戴思任《题文选楼》云："七步以来谁抗手，'六经'而外此传书。"

七

唐人句云："乡心正无限，一雁度南楼。"宋人句云："正思秋信到，一叶坠中庭。”古今人下笔，往往不谋而合。

八

佳句有无心而相同者。张宝臣宗伯《晚步》云：“竹枝风影更宜月，荷叶露香偏胜花。”厉樊榭《游智果寺》云：“竹阴入寺绿无暑，荷叶绕门香胜花。”王梦楼《游曲院》云：“烟光自润非关雨，水藻俱香不独花。”梁守存《看新荷》云：“似经雨过风犹扬，未到花时叶早香。”

九

周幔亭：“山光含月淡，僧影入松无。”鲁星村：“酒中万愁散，诗外一言无。”方子云：“香篆舞来檐际断，水痕圆到岸边无。”陈古渔：“花阴拂地香方觉，桥影横波动即无。”四押“无”字，俱妙。前人《咏始皇》云：“怜君未到沙丘日，知道人间有死无？”尤奇。

一〇

诗有干无华，是枯木也。有肉无骨，是夏虫也。有人无我，是傀儡也。有声无韵，是瓦缶也。有直无曲，是漏卮也。有格无趣，是土牛也。

一一

古词奇奥，多不可解。大抵本其时之方言，而流传失真。如《盘庚》之“吊由灵”，《国语》之“暇豫之吾吾”，《巾舞歌》之“来吾婴”，伯牙》之“歕钦伤宫”，古乐府之“收中吾，羊无夷，何何，吾吾”，《尚书大传》之“舟张辟雍，鸧鸧相从”，皆是也。北魏缪袭仿其体，作《尤射经》，拗涩不可句读，殊觉无谓。

一二

选诗如用人才，门户须宽，采取须严。能知派别之所由，则自然宽矣；能知精彩之所在，则自然严矣。余论诗似宽实严，尝口号云：“声凭宫徵都须脆，味尽酸咸只要鲜。”

一三

杨、刘诗号西昆体，词多绮丽。《宋史》：杨文公之正直，人皆知之。刘筠知制诰时，不肯草丁谓复相之诏。真宗不得已，命晏元献草之。后晏见刘自惭，至掩扇而过，其刚正不在杨下。可见“桑间”、“濮上”之音，未必非贤人所作。

一四

杨龟山先生云：“当今祖宗之法，不必分元祐与熙丰也。国家但取其善者而行之，可也。”予闻人论诗，好争唐、宋，必以先生此语晓之。

一五

从古讲六书者，多不工书。欧、虞、褚、薛，不硁硁于《说文》、《凡将》。讲韵学者，多不工诗。李、杜、韩、苏，不斤斤于分音列谱。何也？空诸一切，而后能以神气孤行；一涉笺注，趣便索然。

一六

人但知寥寥短章之才短，而不知喋喋千言之才更短。人但知满口公卿之人俗，而不知满口不趋公卿之人更俗。予尝箴一名士云：“吟诗羞作野才子，行己莫为小丈夫。”

一七

阮亭《诗话》，道晚唐人之“布谷啼春雨，杏花红半村”，不如盛唐人之“兴阑啼鸟缓，坐久落花多”。余以为真耳食之论。阮亭胸中，先有晚、盛之分，故不知两诗之各有妙境。若以浑成而言，转觉晚唐为胜。

一八

或言八股文体制，出于唐人试帖，累人已甚。梅式庵曰：“不然。天欲成就一文人、一儒者，都非偶然。试观古文人如欧、苏、韩、柳，儒者如周、程、张、朱，谁非少年科甲哉？盖使之先得出身，以捐弃其俗学，而后乃有全力以攻实学。试观诸公应试之文，都不甚佳；晚年得力于学之后，方始不凡。不然，彼方终日用心于五言八韵、对策三条，岂足以传世哉？就中晚登科第者，只归熙甫一人。然古文虽工，终不脱时文气息；而且终身不能为诗：亦累于俗学之一证。”

一九

休宁布衣陈浦，字楚南，白髯伟貌。壬辰年，与陈古渔同来，投一册诗而去。余当时未及卒读，庋之架上，蠹蚀者过半。庚子春，偶撷读之，乃学唐人能得其神趣者。问古渔。曰："死数年矣。"余深悔交臂而失诗人。其《庐山瀑布》云："喷雪万峰巅，风吹直下天。长悬一匹练，飞作百重泉。松近无晴鬣，村遥有湿烟。因知元化大，江海与周旋。"《秋月》云："秋月一何皎，照人生远哀。闭门不忍看，自上纸窗来。"《孤雁》云："月因孤影冷，夜以一声长。"《鄱阳湖》云："岸阔山沉水，天低浪入云。"七言如："远水无边天作岸，乱帆一散影如鸦。""割爱折花因赠妾，攒眉入社为吟诗。"皆不凡也。其可怜者，《醉后题壁》云："贫归故里生无计，病卧他乡死亦难。放眼古今多少恨，可怜身后识方干。"呜呼！余亦识方干于死后，能无有愧其言哉？

二〇

明季秦淮多名妓，柳如是、顾横波，其尤著者也。俱以色艺受公卿知，为之落籍。而所适钱、龚两尚书，又都少夷、齐之节。两夫人恰礼贤爱士，侠骨棱嶒。阎古古被难，夫人匿之侧室中，卒以脱祸。厉樊榭诗云："蛾眉前后皆奇绝，莫怪群公欠致身。"较梅庚"蘼芜诗句横波墨，都是尚书传里人"之句，更觉蕴藉。

二一

联句，始《式微》。刘向《烈女传》谓："《毛诗》'泥中'、'中露'，卫二邑名。《式微》之诗，二人同作。"是联句之始。《文心雕龙》云："联句共韵，《柏梁》余制。"

二二

集句，始傅咸。傅咸有《回文反复诗》；又作《七经诗》：其《毛诗》一篇，皆集经语。是集句所由始矣。

二三

无题之诗，天籁也；有题之诗，人籁也。天籁易工，人籁难工。《三百篇》《古诗十九首》，皆无题之作，后人取其诗中首面之一二字为题，遂独绝千古。汉、魏以下，有题方有诗，性情渐漓。至唐人有五言八韵之试帖，限以格律，而性情愈远；且有“赋得”等名目，以诗为诗，犹之以水洗水，更无意味。从此，诗之道每况愈下矣。余幼有句云：“花如有子非真色，诗到无题是化工。”略见大意。

二四

或诵诗句云：“鸟声穿树日当午，灯影隔帘人读书。”问：“当是何人之句？”余曰：“似宋、元名家。”其人曰：“非也。近人李松圃所作。”

二五

唐殷璠选《河岳英灵集》，不选杜少陵；高仲武选《中兴间气集》，不选李太白：所谓各从其志也。

二六

味甜自悦口，然甜过则令人呕；味苦自螫口，然微苦恰耐人思。要知甘而能鲜，则不俗矣；苦能回甘，则不厌矣。凡作诗献公卿者，颂扬不如规讽。余有句云：“厌香焚皂荚，苦腻慕蒿芹。”

二七

古无小照，起于汉武梁祠画古贤烈女之像。而今则庸夫俗子，皆有一《行乐图》矣。古无别号，起于史卫王，纨挎子弟创“云麓”“十洲”之号，互相称栩。而今则市井少年，皆有一别字矣。索题者累百盈千，余不得已，随手应酬。尝口号云：“别号称非古，题图诗不存。”偶然翻撷《全集》，存者尚多；可见割爱甚难。然所存，亦十分中之一二。

二八

东坡云：“作诗必此诗，定知非诗人。”此言最妙。然须知作此诗而竟不是此诗，则尤非诗人矣。其妙处总在旁见侧出，吸取题神；不是此诗，恰是此诗。古梅花诗佳者多矣！冯钝吟云：“羡他清绝西溪水，才得冰开便照君。”真前人所未有。余咏《芦花》诗，颇刻划矣。刘霞裳云："知否杨花翻羡汝，一生从不识春愁。"余不觉失色。金寿门画杏花一枝，题云："香骢红雨上林街，墙内枝从墙外开。惟有杏花真得意，三年又见状元来。"咏梅而思至于冰，咏芦花而思至于杨花，咏杏花而思至于状元：皆从天外落想，焉得不佳？

二九

诗难其真也，有性情而后真；否则敷衍成文矣。诗难其雅也，有学问而后雅；否则俚鄙率意矣。太白斗酒诗百篇，东坡嬉笑怒骂皆成文章：不过一时兴到语，不可以词害意。若认以为真，则两家之集，宜塞破屋子；而何以仅存若干？且可精选者，亦不过十之五六。人安得恃才而自放乎？惟糜惟芑，美谷也，而必加舂揄扬簸之功；赤堇之铜，良金也，而必加千辟万灌之铸。

三〇

用典一也，有宜近体者，有宜古体者，有近古体俱宜者，有近古体俱不宜者。用典如水中着盐，但知盐味，不见盐质。用僻典如请生客入座，必须问名探姓，令人生厌。宋乔子旷好用僻书，人称"孤穴诗人"，当以为戒。或称予诗云："专写性情，不得已而适逢典故；不分门户，乃无心而自合唐音。"虽有不及，不敢不勉。

三一

人莫不有五官百体，而何以男夸宋朝，女称西施？昌黎《答刘正夫》云："足下家中百物，皆赖而用也；然其所珍爱者，必非常物。"皇甫持正亦云："虎豹之文必炳，珠玉之光必耀。"故知色彩贵华也。圣如尧、舜，有山龙藻火之章；淡如仙佛，有琼楼玉宇之号。彼击瓦缶、披短褐者，终非名家。

三二

老学究论诗，必有一副门面语。作文章，必曰有关系；论诗学，必曰须含蓄。此店铺招牌，无关货之美恶。《三百篇》中有关系者，"迩之事父，远之事君"是也。有无关系者，

"多识于鸟兽草木之名"是也。有含蓄者,"棘心夭夭,母氏劬劳"是也。有说尽者,"投畀豺虎"、"投畀有昊"是也。

三三

钟、谭论诗入魔,李崆峒作诗落套。然其佳句,自不可掩。钟云:"子侄渐亲知老至,江山无故觉情生。"《慰人下第》云:"似子何须论富贵,旁人未免重科名。"皆妙。李《游黄曾岭》云:"搔首黄曾霄汉近,旧题应被紫苔封。"《舟饮》曰:"贪数岸花杯不记,已冲江雨缆犹牵。"《春暮》云,"荷因有暑先擎盖,柳为无寒渐脱绵。"俱有风味,不似平时阔落。

三四

人有生而潇洒者,不关学力也。傅玉笥先生有句云:"莺花日办三春课,风月天生一种人。"

三五

严冬友最爱陈梅岑"怕锄野草伤新笋,偶检残书得旧诗"之句;以为闲中锄地、翻卷,往往有之。

三六

论诗区别唐、宋,判分中、晚,余雅不喜。尝举盛唐贺知章《咏柳》云:"不知细叶谁裁出,二月春风似剪刀。"初唐张谓之《安乐公主山庄》诗:"灵泉巧凿天孙锦,孝笋能抽帝女枝。"皆雕刻极矣,得不谓之中、晚乎?杜少陵之"影遭碧水潜勾引,风妒红花却倒吹";"老妻画纸为棋局,稚子敲针作钓钩":琐碎极矣,得不谓之唐诗乎?不特此也,施肩吾《古乐府》云:"三更风作切梦刀,万转愁成绕肠线。"如此雕刻,恰在晚唐以前。耳食者不知出处,必以为宋、元最后之诗。

三七

《古乐府》:"羞涩佯牵伴。"五字写尽女儿情态。唐人因之有"强语戏同伴,希郎闻笑声"之句。他如"从来不坠马,故遣髻鬟斜";"小胆空房怯,长眉满镜愁";"密约临行怯，私书欲报难”：皆不愧淫思古意矣。近时杨公子揩一联云：“行来踯躅浑无力，不倚阑干定倚人。”

三八

唐人咏小女诗云：“见爷不相识，反走牵娘裾。”是画小女之神。“发覆长眉侧，花簪小髻旁。”是画小女之貌。“学语渠渠问，牵裳步步随。”是画小女之态。“爱拈爷笔墨，闲学母裁缝。”是写小女之憨。

三九

东坡诗，有才而无情，多趣而少韵：由于天分高，学力浅也。有起而无结，多刚而少柔：验其知遇早晚景穷也。

四〇

离别诗最佳者，如：“路长难算日，书远每题年。无复生还想，终思未别前，”“醉中忘却身为客，意欲仍同送者归。”皆读之令人欲泣。又宋人云：“西窗分手四年余，千里殷勤慰索居。若比九原泉路别，只多含泪一封书。”

四一

余雅不喜杜少陵《秋兴》八首；而世间耳食者，往往赞叹，奉为标准。不知少陵海涵地负之才，其佳处未易窥测；此八首，不过一时兴到语耳，非其至者也。如曰“一系”，曰“两开”，曰“还泛泛”，曰“故飞飞”；习气大重，毫无意义。即如韩昌黎之“蔓涎角出缩，树啄头敲铿”；此与《一夕话》之“蛙翻白出阔，蚓死紫之长”何殊？今人将此学韩、杜，便入魔障。有学究言：“人能行《论语》一句，便是圣人。”有纨袴子笑曰：“我已力行三句，恐未是圣人。”问之，乃“食不厌精，脍不厌细，狐貉之厚以居”也。闻者大笑。

四二

余尝教人：古风须学李、杜、韩、苏四大家；近体须学中、晚、宋、元诸名家。或问其故。曰：“李、杜、韩、苏，才力太大，不屑抽筋入细，播入管弦，音节亦多未协。中、晚名家，便清脆可歌。”

卷八

一

西崖先生云："诗话作而诗亡。"余尝不解其说，后读《渔隐丛话》，而叹宋人之诗可存，宋人之话可废也。皮光业诗云："行人折柳和轻絮，飞燕含泥带落花。"诗佳矣。裴光约訾之曰："柳当有絮，燕或无泥。"唐人："姑苏城外寒山寺，夜半钟声到客船。"诗佳矣。欧公讥其夜半无钟声。作诗话者，又历举其夜半之钟，以证实之。如此论诗，使人夭阏性灵，塞断机括；岂非"诗话作而诗亡"哉？或赞杜诗之妙。一经生曰："'浊醪谁造汝？一醉散千愁。'酒是杜康所造，而杜甫不知；安得谓之诗人哉？"痴人说梦，势必至此。

二

诗谶从古有之。宋徽宗《咏金芝生》诗，曰："定知金帝来为主，不待春风便发生。"已兆靖康之祸。后蜀主孟昶《题桃符贴寝官》云："新年纳余庆，嘉节号长春。"后太祖灭蜀，遣吕余庆知成都。王阳明擒宸濠，勒石庐山，有"嘉靖我邦国"五字。亡何，世宗即位，国号嘉靖。扬州城内有康山，俗传康对山曾读书其处，故名。康熙间，朱竹垞游康山，有"有约江春到"之句。今康山主人颖长方伯，修葺其地，极一时之盛；姓江，名春：亦一奇矣！

三

乾隆初，江西有四子：杨、汪、赵、蒋是也。赵山南早夭，诗失传。汪辇云名轫，少孤贫，为人执炊。有句云："积晦云疑斗，新晴草欲焚。"杨子载名垕，才最高，与蒋心余相抗。其先本云南土司，改籍江西。五言云："山鬼常联臂，溪虹倏现身。""早霞随日上，败叶拥潮行。""有客嫌庭仄，无书觉昼长。"七言云："寒星欲灭见渔火，小雨无声添落花。""栏边花草牛羊路，寺里人家杵臼声。”“客少长留不鸣雁，睡酣翻喜失晨鸡。”

四

又有何在田者，《偶成》云：“月借日光成半面，雨收云气泛余丝。”《郊外》云：“野径无人问，随牛自得村。”“近市原非隐，能诗岂是才。”“樵室薪为榻，渔舟网作帆。”皆可传之句也。甲辰三月，余赴粤东，过南昌；心余病风，口不能言，犹以左手书此数联。

五

余幼时《咏史》云：“若道高皇胜项羽，试将吕后比虞姬。”后见益都王中丞遵坦有句云：“垓下何必更悲歌，虞兮吕公较若何？”两意相同。王又有句云：“亚父不用乃寿终，淮阴枉死未央宫。”意亦新。

六

马骕宛斯作《绎史》，叙三代事，极博雅；而诗笔甚清。《池上》云：“种鱼有术寻渔父，断酒无心学醉翁。”渔洋题其像云：“今日黄山山下路，只余书带草青青。”

七

诗虽新，似旧才佳。尹似村云：“看花好似寻良友，得句浑疑是旧诗。”古渔云：“得句浑疑先辈语，登筵初僭少年人。”偶过西湖，见陈庄题壁云：“一叶蜻蜓似缺瓜，年年荡桨水云涯。叉鱼射鸭娇无力，笑入南湖摘藕花。”“苏小楼头杨柳风，小姑斗草语芳丛。阿侬家住胭脂岭，怪底花枝映日红。”末署“竹屿”二字：苏州吴进士泰来也。新安江寺见题壁云：“昨与邻舟姊妹逢，香风暖处话从容。低头怕有渔郎至，不看莲花只看侬。”“滩头漠漠起炊烟，折罢莲花正暮天。却怪鸳鸯不解事，偏依侬艇并头眠。”末署“鲁凤藻”三字。

八

朱竹垞先生诗名盖世，而自称本朝第二。故扬州方近雯观察诗云："骈体莫轻嗤沈、宋，古音休易许曹、刘。试看前辈诗如此，只负皇朝第二流。"商宝意先生云："诗品官阶两不高。"前辈之虚心如此。王葑亭御史亦有句云："宦情似墨磨常短，诗境如棋着不高。"

九

查他山先生诗，以白描擅长；将诗比画，其宋之李伯时乎？近继之者，钱玙沙方伯、光禄卿申笏山。笏山卒后，毕秋帆尚书梓其全集。五言云："雨声凉人砚，花气润侵帘。"《看桂》云："香于半路先迎客，花已全开正及时。"

一〇

谢茂秦云："凡作近体，诵之流水行云，听之金声玉振，观之朝霞散绮，讲之异茧缫丝。"

一一

古诗人遭际，有幸不幸焉。唐宰相郑畋之女，爱读罗隐诗，后隔帘窥其貌寝，遂终身不复再诵。明谢茂秦眇一目，貌不扬，而赵穆王爱其诗。酒阑乐作，出所爱贾姬，光华夺目，奏琵琶，歌谢所作《竹枝词》，即以赠之。宋真宗时，宋子京乘车，路遇宫人，知为状元，呼曰："小宋耶？"子京赋诗，有"更隔蓬山一万重"之句，流传禁中。真宗知之，赐以宫女，曰："蓬山不远。"正德南巡，翰林谢政年少美貌，迎驾西江，见宫眷船，误为御舟，跪迎报名，适宫人开窗泼水，见之一笑。谢赋诗云："天上果然花绝代，人间竟有笑因缘。"亦复流传宫禁。武宗怒，削籍遣归。

一二

文尊韩，诗尊杜：犹登山者必上泰山，泛水者必朝东海也。然使空抱东海、泰山，而此外不知有天台、武夷之奇，潇湘、镜湖之胜；则亦泰山上之一樵夫，海船上之舵工而已矣。学者当以博览为工。

一三

东坡云："无事此静坐，一日如两日。若活七十年，便是百四十。”京口解李瀛善画。有人聘往写真，而主人久卧不出。解戏改苏诗赠云：“无事此静卧，卧起日将午。若活七十年，只算三十五。”山阴人有三乳者，金上清进士调之，云：“胸罗星宿素襟披，下字成文亦太奇。四乳曾闻男则百，君应七十五男儿。”

一四

程鱼门云：“时文之学，有害于古文；词曲之学，有害于诗。”余谓：“时文之学，不宜过深；深则兼有害于诗。前明一代，能时文，又能诗者，有几人哉？金正希、陈大士与江西五家，可称时文之圣；其于诗，一字无传。陈卧子、黄陶庵不过时文之豪；其诗便有可传。《荀子》曰‘艺之精者不两能’也。”

一五

《漫斋语录》曰：“诗用意要精深，下语要平淡。”余爱其言，每作一诗，往往改至三五日，或过时而又改。何也？求其精深，是一半工夫；求其平淡，又是一半工夫。非精深不能超超独先，非平淡不能人人领解。朱子曰：“梅圣俞诗，不是平淡，乃是枯槁。”何也？欠精深故也。郭功甫曰：“黄山谷诗，费许多气力，为是甚底？”何也？欠平淡故也。有汪孝廉以诗投余。余不解其佳。汪曰：“某诗须传五百年后，方有人知。”余笑曰：“人人不解，五日难传；何由传到五百年耶？”

一六

严沧浪借禅喻诗，所谓“羚羊挂角”，“香象渡河”，有神韵可味，“无迹象可寻”。此说甚是。然不过诗中一格耳。阮亭奉为至论，冯钝吟笑为谬谈：皆非知诗者。诗不必首首如是，亦不可不知此种境界。如作近体短章，不是半吞半吐、超超玄箸，断不能得弦外之音、甘余之味：沧浪之言，如何可诋？若作七古长篇、五言百韵，即以禅喻，自当天魔献舞，花雨弥空，虽造八万四千宝塔，不为多也；又何能一

“羊”一“象”，显“渡河”“挂角”之小神通哉？总在相题行事，能放能收，方称作手。

一七

《北史》称：庾自直为隋炀帝改诗，许其诋呵。帝必削改至于再三，俟其称善而后已。炀帝虽非令主，如此虚心，亦云难得。第“改章难于造篇，易字艰于代句”，刘勰所言，深知甘苦矣。

一八

文、沈、唐、仇，以画名前朝。仇画从无题咏。唐能诗，恰无佳句。诗画兼工者，惟文、沈二公。而笔情超脱，则沈为独绝。《落花》云：“美人天远无家别，逐客春深尽族行。”“苦戒儿童莫摇树，空教行路欲窥墙。”“渔艇再来非旧径，酒家重访是空村。”《咏影》云：“算来只有鳏夫称，老去犹堪作伴行。”《金山》云：“过江如隔世，入寺不知山。”有《爱日歌》《七十自寿》两篇，奇绝，惜篇长难录。

一九

诗人爱管闲事，越没要紧则愈佳；所谓“吹皱一池春水，干卿底事”也。陈方伯德荣《七夕》诗云：“笑问牛郎与织女：是谁先过鹊桥来？”杨铁崖《柳花》诗云：“飞入画楼花几点，不知杨柳在谁家。”

二〇

诗有极平浅，而意味深长者。桐城张征士若驹《五月九日舟中偶成》云：“水窗晴掩日光高，河上风寒正长潮。忽忽梦回忆家事，女儿生日是今朝。”此诗真是天籁。然把“女”字换一“男”字，便不成诗。此中消息，口不能言。

二一

朱竹君学士曰：“诗以道性情。性情有厚薄，诗境有浅深。性情厚者，词浅而意深；性情薄者，词深而意浅。”

卷九

一

随园地旷，多树木，夜中鸟啼甚异，家人多怖之。予读王葑亭进士《平沟早发》云："怪禽声类鬼，暗树影疑人。"先得我心矣！其他佳句，如："大星高出树，残月细流溪。""月斜人影忽在水，风过秋声正满山。""满帽黄花逢醉客，一肩红叶识归樵。"皆妙。

二

秦中诗人杨子安鸾见访，适余外出；归后见贻一册。《雪霁》云："寒瘦自性情，苦吟工未能。晚晴窗上日，先晒砚池冰。"《闻砧》云："满院苔痕合，重门树影深。"

三

姚申甫方伯与沈永之观察，本中表亲，姚姊嫁沈。二人年少时，与余同肄业书院。每见方伯家遣僮担盒，供其子婿。二人同登乡、会科。沈寄姚诗云："辛勤二老训喃喃，爱婿犹如爱长男。甘脆每教常健饭，苦吟犹记许分甘。"沈殿试二甲第三，姚二甲第二，自后官阶沈必差姚一级：姚为观察，沈为太守；沈为观察，则姚为方伯矣。沈又寄诗云："平生每好居人后，今日还应让弟先。"余将赴广西金抚军之聘，姚赋诗相留曰："就使将军重揖客，何如南国有词人？"后四十年，姚竟巡抚广西。余寄书云："不料当日所谓'将军'，即此时之阁下，惜我不能来作揖客耳！"永之在书院寄内诗云："深院蝶娇无语坐，小园花嫩卷帘看。"为掌教杨文叔先生所赏。

四

余在都时，永之引见满洲学士春台。春自云："年三十时，目不识丁。从一禅师静坐三月，颇以为苦。一夕，提刀欲杀禅师。仰头见月，忽然有悟，赋诗便工。"《塞外》云："野水吞人面，青山瓮马声。浮云连帽起，残雪带鞭行。”殊雄伟。公爱永之与枚，以为两少年必贵；每至，必留饮、留宿，遣妾捧觞。

五

桐城相公七十生辰，余与诸翰林祝寿。宴罢，各赐诗扇一柄，诗写《田园杂兴》云：“不识风尘劳扰，但知云水盘桓。买畚偶来城市，祀神一着衣冠。”“小桥流水村近，疏柳长堤路斜。车马不闻叩户，鸡豚自识还家。”“烟生茅屋云白，雨过菱塘水新。今岁秋田大稔，稻苗高过行人。”“竹屋正临流水，槿篱曲绕闲亭。此是吾庐本色，被人偷作丹青。”“作苦最怜田妇，布衣椎髻无华。磕饷并携稚子，采桑不摘闲花。”公终身富贵，而诗能淡雅若此。

六

康熙壬寅，余七岁，受业于史玉瓒先生。雍正丁未，同入学。先生不甚作诗，而得句殊隽。《偶成》云：“好鸟鸣随意，幽花落自然。”《病中》云：“廿年辛苦黔娄妇，半世酸辛伯道儿。”终无子。余为葬于葛岭。

七

沈归愚尚书，晚年受上知遇之隆，从古诗人所未有。作秀才时，《七夕悼亡》云：“但有生离无死别，果然天上胜人间。”《落第咏昭君》云：“无金赠延寿，妾自误平生。”深婉有味，皆集中最出色诗。六十七岁，与余同入词林。《纪恩》诗云：“许随香案称仙吏，望见红云识圣人。”

八

余爱诵金寿门“故人笑比庭中树，一日秋风一日疏”之句。杭堇浦先生曰：“此句本唐人高蟾：‘君恩秋后叶，一日一回疏。’不足为寿门奇。寿门佳句，如：‘佛烟聚处都成塔，林雨吹来半杂花。’咏《苔》云：‘细雨偏三月，无人又一年。’乃真独造。”余按古人佳句，都有所本：陈元孝：“池花对影落，沙鸟带声飞。”本李群玉：“沙鸟带声飞远天。”梁药亭：

“龙虎片云终王汉，诗书余火竟烧秦。”仿唐人：“半夜素灵先哭楚，一星遗火下烧秦。”杨诚斋：“不知落得几多雪，作尽北风无限声。”仿唐人：“流到前溪无一语，在山作得许多声。”

九

余自幼闻姨母章氏，嫁非其偶，时诵“巧妻常伴拙夫眠”之句，不知何人所作。后阅谢在杭集，方知故是谢诗。其词曰：“痴汉偏骑骏马走，巧妻常伴拙夫眠。世间多少不平事，不会作天莫作天。”

一〇

年家子龚友，青年好学，来诵其《白门小住》云：“秋生黄叶声中雨，人在清溪水上楼。”余为叹赏。临别，忽向余正色云：“友不好名，先生切勿以友诗告人。”余雅不喜，曰：“此子矜情作态，局面太小。”已而竟不永年。

一一

《玉台新咏》实《国风》之正宗，然有不可学者。如湘东王《春日》，一句用两“新”字。鲍泉、沈约有诗八首；以五言一首为题。如“秋衰悲落桐”之类，反复千言，殊觉可憎。为唐人试帖赋得题所自仿也。

一二

人无酒德，而贪杯勺，最为可憎。有某太守在随园赏海棠，醉后，竟弛下衣，溲于庭中。余次日寄诗戏之云：“客是当年夷射姑，不教虎子挈花奴。但惊羸者此阳也，谁令军中有布乎？头秃公然帻似屋，心长空有腹如瓠。平生雅抱时苗癖，日缚衣冠射酒徒。”

一三

胡稚威云：“诗有来得、去得、存得之分。来得者，下笔便有也；去得者，平正稳妥也；存得者，新鲜出色也。”

一四

刘霞裳与余论诗曰：“天分高之人，其心必虚，肯受人讥弹。”余谓非独诗也；钟鼓虚故受考，笙竽虚故成音。试看诸葛武侯之集思广益，勤求启诲：此老是何等天分？孔子入太庙，每事问；颜子以能问于不能，以多问于寡：非谦也，天分高，故心虚也。

一五

世有口头俗句，皆出名士集中：“世乱奴欺主，时衰鬼弄人。”杜荀鹤诗也。“今朝有酒今朝醉，明日无钱明日愁。”罗隐诗也。“一朝权在手，便把令来行。”崔戎《酒筹》诗也。“闭门不管窗前月，分付梅花自主张。”南宋陈随隐自述其先人诗也。“大风吹倒梧桐树，自有旁人说短长。”宋人笑赵师罴欲附范文正公祠堂诗也。“晚饭少吃口，活到九十九。”古乐府也。见《七修类稿》所引。“难将一人手，掩得天下目。”曹邺诗也。“易求无价宝，难得有情郎。”女真蕙兰诗也。“一举首登龙虎榜，十年身到凤凰池。”张唐卿诗也。“平生不作皱眉事，世上应无切齿人。”邵康节诗也。“儿孙自有儿孙福，莫与儿孙作马牛。”徐守信诗也。“是非只为多开口，烦恼皆因强出头”；“自家扫去门前雪，莫管他家瓦上霜”：并见《事林广记》。“黄泉无客店，今夜宿谁家？”见唐人逸诗。

一六

云间沈大成，字学子，皓首穷经，多闻博学；尝见古庙有九原丈人之碑，不知所出。后阅《十洲记》，始知乃海神，司水者也。因作《九原丈人考》一篇。《赠邵檀波》云：“异书勘后兼金重，古砚磨多似臼深。”《即事》云：“楼头风定钟初动，湖上云开舫渐行。”

一七

余夏间恶蚊，常误批颊甚痛，而蚊乃飞去。偶读叶声木《谯蚊》诗，不觉大快。词曰：“虎狼偶食人，人犹寝其皮。独怪蚤虱咬，嗜人甘如饴。虮虱我自生，自孽将怨谁？蚤出尘土间，跳梁亦暂时。尔蚊何为者？薨薨声殷雷。订盟如点将，歃血遣佽飞。聚昏更为市，利析秋毫微。穿衣巧刺绣，中肤惊卓锥。深入石饮羽，潜侵剑切泥。三伏凉夜好，清风吹满怀。时方爱露坐，鸣镝一声来。误愤自批颊，怅望空徘徊。亦或中老拳，磔裂歼渠魁。无奈苦搔痒，汗粘变疮痍。咄咄么麽虫，阴毒乃如斯。长喙不择肉，呼吸若乳儿。怪底入夏瘦，毛孔成漏卮。安得通身手，左右时交挥！”叶讳诚，钱塘孝廉。

一八

李笠翁词曲尖巧，人多轻之。然其诗有足采者。如：《送周参戎之浦阳》云：“儒将从来重，君其髯绝伦。三迁无喜色，百战有完身。灰里求遗史，刀边活故人。仙华名胜地，细柳正堪屯。”《婺宁庵》云：“谁引招提路，随云上小峰。饭依香积煮，衣倩衲僧缝。鼓吹千林鸟，波涛万壑松。《楞严》听未阕，归计且从容。”尤展成赠云：“十郎才调本无双，双燕双莺话小窗。送客留髡休灭烛，要看花影照银釭。”

一九

王西庄光禄，为人作序云：“所谓诗人者，非必其能吟诗也。果能胸境超脱，相对温雅，虽一字不识，真诗人矣。如其胸境龌龊，相对尘俗，虽终日咬文嚼字，连篇累牍，乃非诗人矣。”余爱其言，深有得于诗之先者，故录之。

二〇

兴化郑板桥作宰山东，与余从未识面；有误传余死者，板桥大哭，以足蹋地。余闻而感焉。后廿年，与余相见于卢雅雨席间。板桥言：“天下虽大，人才屈指不过数人。”余故赠诗云：“闻死误抛千点泪，论才不觉九州宽。”板桥深于时文，工画，诗非所长。佳句云：“月来满地水，云起一天山。”“五更上马披风露，晓月随人出树林。”“奴藏去志神先沮，鹤有饥容羽不修。”皆可诵也。板桥多外宠，常言欲改律文笞臀为笞背。闻者笑之。

二一

晁君诚诗：“小雨愔愔人不寐，卧听羸马龁残刍。”真静中妙境也。黄鲁直学之云：“马龅枯萁喧午梦，误惊风雨浪翻江。”落笔太狠，便无意致。

二二

隐仙庵道士周明先善琴，能诗，离随园甚近，年未五十亡。余录其佳句云：“神仙乐事君知否？只比人间多笑声。”“竹间楼小窗三面，山里人稀树四邻。”“壁琴风过闻天籁，香碗灰深袅篆烟。”“雨中破壁蜗留篆，醉后余腥蚁起兵。”又：“新笋成时白昼长。”七字亦妙。

二三

余读《汉书》，雅不喜董广川，而最喜贾太傅。偶读钱竹初《洛中怀古》云：“南来莫再寻遗宅，第一人才是贾生。”苏州薛皆山云：“一篇《鹏赋》离形相，才子回头是道人。”二诗皆推崇太傅，实获我心。

二四

李穆堂先生诗，以少作为佳；位尊后，有率易之病。予所喜者，皆其未第时及初入翰林之作。《东平州看杏花》云：“断云斜日过东平，杨柳风来叶叶轻。莫为春阴便惆怅，杏花如雪更分明。”《落叶》云：“寒来千树薄，秋尽一身轻。”《即事》云：“欲问春深浅，桃花淡不言。”《汤泉》云：“汉井炎方炽，周京德肯凉？”《日暮》云：“鸟声隔屋山初暗，灯影当窗纸未温。”《驿铺》云：“短堞一空鸡绝唱，败槽百啮马无声。”晚年不屑为此种诗，亦不能为此种诗。

二五

王阮亭尚书未遇时，受知于先达某；故诗集卷首，即录其所赠五古一篇，亦用“萧豪”韵。穆堂未遇时，受知于阮亭；故哭阮亭五古一篇，亦用“萧豪”韵。姜西溟《哭徐健庵司寇》诗，用张文昌《哭昌黎》韵，想见古人声应气求，后先推挽之盛。

二六

曹澹泉诗：“含雨花如抱恨人。”方子云云：“向日花如暴富人。”陈古愚云：“新绿树如人少年。”三人调同而各妙。

二七

昔人称王粲精思，不能有加于宿构，故拙速不如巧迟。此言是也。然对客挥毫，文不加点，亦是乐事。余平生所见敏于诗者四人：前辈中，一为宫詹张南华鹏翀，一为学士周兰坡长发；同学中，一为侯夷门嘉缙，一为金进士兆燕：俱可以击钵声终，万言倚马。乙丑予宰江宁，侯为贰尹，招之小饮。侯即席有“龙蟠虎踞江山助，璧合珠联文字交”之句，惜忘其全篇。后得狂易之疾，死镇江黄太守署中。秦涧泉哭以诗云：“客传京口讣音来，无际愁云望不开。妻子半船归海峤，图书千帙付蒿莱。龙蛇应有前生梦，宇宙谁为旷世才？懊恼人天今异路，新诗定已满泉台。”又曰：“若使九原真及第，胜教五斗恋微官。”

二八

善写客情者，昔人诗，如：“只因相见近，转致久无书。”“近乡心更怯，不敢问来人。”善写别情者，如：“可怜高处望，犹见故人车。”“相看尚未远，不敢遽回舟。”

二九

“为学心难足，知君更掩扉。”项斯《赠友》诗也。“一点村前火，谁家未掩扉。”唐山人《村行》诗也。两押“扉”字，均妙。

三〇

诗有音节清脆，如雪竹冰丝，非人间凡响；皆有天性使然，非关学问。在唐则青莲一人，而温飞卿继之。宋有杨诚斋，元有萨天锡，明有高青丘。本朝继之者，其惟黄莘田乎？

三一

偶见晚唐人辞某节度七律一首，前四句云：“去违知己住违亲，欲策羸骖屡逡巡。万里家山归养志，十年门馆受恩身。”读之一往情深，必士君子中有至性者也。恨不友其人于千载以上。惜不能记其全首与其姓名。他日翻撷《全唐诗》，自能遇之。

卷十

一

"关防"二字，见《隋书·酷吏传》，原非作官者之美名。故余知江宁时，记室史正义苕湄，时出狎游。予爱其才，而不禁也。其《南归留别得'青'字》云："浪迹深惭水上萍，漫劳今夜饯邮亭。鬓从久客无多绿，灯入篱筵分外青。海国归帆随候雁，天涯知己剩晨星。何时载得兰陵酒，重向红桥共醉醒？"又曰："酒沽双屐雨，人坐一庭烟。"

二

六安秀才夏宝传，生而任侠，出雅雨卢公门下。卢谪戍军台，僮仆无肯随者。夏奋曰："我愿往。"竟策马出塞。三年后，与卢同归。卢再任转运，为捐学正一官，所以报也。程鱼门题其《橐中集》云："磨刀冰作石，暖客火为衣。"卢亦有句云："手僵常散辔，泪冻不沾衣。"可想见塞外之苦矣。乾隆庚子科，以年过八十，钦赐举人。陈古渔赠句云："八旬乡榜无消息，一纸天书有姓名。"又曰："三征尚却连城聘，一诺能轻万里行。"

三

蒋心余太史居金陵时。除夕，梦与余登清凉山，得句云："三春花鸟空陈迹，六代江山两寓公。"闻山寺钟鸣，掷笔而寤。

四

唐人诗曰："欲折垂杨叶，回头见鬓丝。"又曰："久不开明镜，多应为白头。"皆伤老之诗也。不如香山作壮语曰："莫道桑榆晚，余霞尚满天。"又，宋人云："劝君莫恼鬓毛斑，鬓到斑时也自难。多少朱门年少子，被风吹上北邙山！"

五

学问之道，“四子书”如户牖，“九经”如厅堂，“十七史”如正寝，杂史如东西两厢，注疏如枢阒，类书如厨柜，说部如庖湢井匽，诸子百家诗文词如书舍花园。厅堂正寝，可以合宾；书舍花园，可以娱神。今之博通经史而不能为诗者，犹之有厅堂大厦，而无园榭之乐也。能吟诗词而不博通经史者，犹之有园榭而无正屋高堂也。是皆不可偏废。

六

岳水轩名梦渊，为督抚上客。居与随园相近。丁丑秋，忽作诗会，大集名流，其豪气犹勃勃可想。《江行》云：“荻港人维雪里舟，雪花飞较荻花稠。篷窗人醉荻中卧，时被雪花飞上头。”《荷花》云：“兰舟载丽人，摇入荷花荡。亭亭红粉姿，花与人相仿。其中有莲的，心苦惟侬赏。欲以掷奉郎，生憎金钏响。”两诗有古乐府遗音。

七

汉杜钦兄弟，任二千石者十人。钦官最小，名最著。韩文公之孙衮中状元后，人但知布衣方干，不知状元韩衮。甚矣人传不在官位也！唐人诗曰：“孟简虽持节，襄阳属浩然。”简之名自在浩然下。然余到桂林，见独秀峰有简题名，笔力苍古。今之持节者，如孟简其人亦少矣。

八

薛中立幼时见蝴蝶，咏诗云：“佳人偷样好，停却绣鸳鸯。”大为乃翁生白所赏。且云：“宋时某童子有句云：‘应是子规啼不到，致令我父不还家。’都是就一时感触，竟成天籁。”

九

戊戌春，余在杭州。两姬置酒，招女眷游西湖。瑶英以诗辞云：“呼女窗前看刺凤，课儿灯下学涂鸦。韶光一刻难虚掷，那有闲看湖上花？”既而，遣人劫之，曰：“娘子不来，怕作诗耶？”果飞舆而至，到湖心亭，书二十八字云：“酿花天气雨新晴，一片清光两岸平。最好湖心亭上望，满堤人似水中行。”

一〇

真州郑中翰沄，字晴波，新婚北上；《留别闺中》云：“来年春到江南岸，杨柳青青莫上楼。”其同年周舍人发春喜诵之。时有陈庶常濂，与周相善，而未识郑。一日公宴处，周、郑俱在，陈忽语周曰：“昨闻有人赠内之句，情韵绝佳，当是晚唐人手笔。”周急叩之。则所称者，即郑诗也。郑闻而愕然。周因指郑示陈曰：“此即赋‘杨柳青青’之晚唐人矣！”三人大笑。真州程灌夫亦有句云：“春风自绿垂杨色，何事羁人怕倚楼？”

一一

吴中七子中，赵文哲損之诗笔最健。丁丑召试，与吴竹屿同集随园，爱诵余“无情何必生斯世？有好都能累此身”一联。后从温将军征金川，死难军中。过襄阳时，以《怀诸葛故居》诗四首见寄云：“洵美躬耕地，千秋一草庐。勋名微管亚，出处有莘如。巾服渔樵里，川原战阵余。西风渭滨路，尚忆沔南居。”“四海占龙卧，萧条一亩宫。泊如明厥志，行矣慎吾躬。变化遭非偶，栖迟道岂穷？可知《出师表》，慷慨本隆中。”“崔、徐二三子，来往定欣然。逸事风尘外，高评月旦前。襟期《梁甫曲》，生计汉阴田。当日如终隐，鸿妻亦最贤。”“宇宙声名大，遗踪锦水长。人歌千尺柏，公念百枝桑。涕尚沾遗老，魂应恋故乡。溪毛如可荐，此地合祠堂。”

一二

江宁城中，每至冬月，江北村妇多渡江为人佣工，皆不缠足；间有佳者。秦芝轩方伯席上集唐句戏云：“一身兼作仆，两足白于霜。”

一三

金陵承恩寺僧行荦，能诗。有句云：“雨晴云有态，风定水无痕。”其师阐乘有五绝云：“香气透窗纱，风轻日未斜。

午堂春睡起，双燕下含花。”又有句云：“才展《金刚经》了了，《金刚经》夹小吟笺。”余尝云：“凡诗之传，虽藉诗佳，亦藉其人所居之位份。如女子、青楼，山僧、野道，苟成一首，人皆有味乎其言，较士大夫最易流布。”

一四

朱学士筠，字竹君，考据博雅，不甚吟诗。有《登湖楼》一律云：“载月来登湖上楼，飘然便可御风游。帆如不动暮天没，岸竟欲斜秋水流。何寺一声孤磬远？长空万点乱鸦愁。酒杯频劝君何苦，未使春波负秀州。”

一五

人闲居时，不可一刻无古人；落笔时，不可一刻有古人。平居有古人，而学力方深；落笔无古人，而精神始出。

一六

萍望张宏勋名栋，自号看云山人，工诗善画。与余在长安，有车笠之好。同谱中，如沈椒园、张少仪、曹麟书，俱显贵。庄容可官至大学士；而宏勋终不一第。晚依扬商汪怡士以终。有《看云楼诗集》。《闺怨》云：“镜台寂寂掩芳尘，又换深闺一度春。除却殷勤花上鸟，他乡应少劝归人。”《郊外》云：“春来是处足春游，风转长堤草色柔。客过不须频勒马，花扶人影出墙头。”

一七

风情之事，不宜于老；然借老解嘲，颇可强词夺理。康节先生《妓席》云：“花见白头花莫笑，白头人见好花多。”余仿其意云：“若道风情老无分，夕阳不合照桃花。”方南塘六十岁娶妾，云：“我已轻舟将出世，得君来作挂帆人。”

一八

余最爱言情之作，读之如桓子野闻歌，辄唤奈何。录汪可舟《在外哭女》云：“遥闻临逝语堪哀，望我殷殷日百回。死别几时曾想到？岁朝无路复归来。绝怜艰苦为新妇，转幸逍遥入夜台。便即还家能见否？一棺已盖万难开。”《过朱草衣故居》云："路绕丛祠鸟雀飞，依然门巷故人非。忆寻君自初交始，每渡江无不见归。问疾榻前才转盼，谈诗窗外剩斜晖。绝怜童仆相随惯，未解存亡欲扣扉。"沙斗初《经亡友别墅》云："千古鱼陂占水乡，四时烟景助清光。弟兄不隔东西屋，宾主无分上下床。斗酒几番当皓月，题诗多半在修篁。今朝独棹扁舟过，回首前欢堕渺茫。"厉太鸿《送全谢山赴扬州》云："生来僧祐偏多病，同往林宗又失期。两点红灯看渐远，暮江惆怅独归时。"王孟亭《归兴》云："漫理轻装唤小舠，何缘归兴转萧骚。老来最怕临歧语，灯半昏时酒半消。"宗介帆《别母》云："垂白高堂八十余，龙钟负杖倚门闾。泣惟张口全无泪，话到关心只望书。"某妇《送夫》云："君且前行莫回顾，高堂有妾劝加餐。"

一九

安庆诗人，以"二村"为最。一李啸村葂，一鲁星村殡。鲁五言如："久客神常倦，还家似在舟。""鸟散雪辞竹，烟消山到门。""风竹不留雪，冰池时集鸦。"七言如："舟行忽止冰初合，窗暗还明月未沉。""避雪野禽低就屋，忘机小鼠渐亲人。"皆可诵也。又："雀浴乘冰缺。"五字亦佳。

啸村工七绝，其七律亦多佳句。如："马齿坐叨人第一，蛾眉窗对月初三。""卖花市散香沿路，踏月人归影过桥。""春服未成翻爱冷，家书空寄不妨迟。"皆独写性灵，自然清绝。腐儒以雕巧轻之，岂知钝根人，正当饮此圣药耶？乾隆丙寅，观补亭阁学，科试上江，点名至啸村，笑曰："久闻秀才诗名，此番考不必作《四书》文，作诗二首，可也。"题是《卖花吟》。李有句云："自从卖落行人手，瓦缶金尊插任君。"又曰："自笑不如双粉蝶，相随犹得入朱门。"阁学喜，拔置一等。

二〇

桐城刘大櫆耕南，以古文名家。程鱼门读其全集，告予曰："耕南诗胜于文也。"《听琴》云："香台初上日，檐铎受风微。好友不期至，僧庐同叩扉。弹琴向佛坐，余响入云飞。余亦忘言说，乌栖犹未归。《独宿》云：“江村黄叶飞，犹掩萧斋卧。时有捕鱼人，橹声窗外过。”真清绝也。《哭弟》云：“死别渐欺初日诺，长贫难作托孤人。”

二一

杭州吴飞池，学诗于樊榭先生。先生爱其“红蓼花深冷葛衣”一句，谓可镌入印章。其《澶州杂诗》云：“晨光黯黯树稀微，云带炊烟湿不飞。多少人家秋色里，满天白露漫柴扉。”《过洛阳问牡丹》云：“花浓洛下种应真，我却来时不是春。到耳尽夸颜色好，未开先赏断无人。”他如：“林间一鸟过，池面数花欹。”“岸仄疑无路，灯明似有村。”“晓月光微难辨树，西风吹冷不知衣。”皆清脆可喜。

二二

姬传姚太史云：“诗文之道，凡志奇行者易为工，传庸德者难为巧。”理固然也；然亦视其人之用笔何如耳。吾族柳村有侧室韩氏，年逾二十，即守节教子，居竹柏楼十五年而卒。子又恺请旌于朝，又画《楼居图》志痛。一时士大夫咏其事者如云，号《霜哺遗音集》。此庸行也。余独爱少詹钱辛楣七古云：“郊居岑蔚竹柏交，秋霜铄物群英凋。小楼一灯青不摇，课儿夜诵声咿咬。柳村岳岳古英豪，山丘华屋如惊泡。淑姬寤言矢络宵，手持刀尺敢惮劳？《离鸾别鹄》哀弦操，可怜荻影风萧萧。熊丸茹苦胜珍肴，湛侃复见良足褒。伫看紫诰庆所遭，乌头绰楔荣光高。何图蕙草谢一朝，楼存人去魂难招！郎君玉立森兰苕，春晖未报心忉忉。音徽追溯倩画描，披图展拜恒号咷。我为歌咏辉风骚。”又，无锡进士顾钰五律第二首云：“非拟怀清筑，萧然坐一林。竹森环户翠，柏古落庭阴。画荻慈亲志，登楼孝子心。当年纺绩处，倾听有遗音。”柳村名永涵，苏州人。

二三

王阮亭尚书未遇时，受知于先达某；故诗集卷首，即录其所赠五古一篇，用“萧豪”韵。穆堂未遇时，受知于阮亭；故哭阮亭五古一篇，功；用“萧豪”韵。姜西溟《哭徐健庵司寇》诗，用张文昌《哭昌黎》韵，想见古人声应气求，后先推挽之盛。

二四

曹澹泉诗：“含雨花如抱恨人。”方子云云：“向日花如暴富人。”陈古愚云：“新绿树如人少年。”三人调同而各妙。

二五

善写客情者，昔人诗，如：“只因相见近，转致久无书。”“近乡心更怯，不敢问来人。”善写别情者，如：“可怜高处望，犹见故人车。”“相看尚未远，不敢遽回舟。”

二六

“为学心难足，知君更掩扉。”项斯《赠友》诗也。“一点村前火，谁家未掩扉。”唐山人《村行》诗也。两押“扉”字，均妙。

二七

何南园馆于汪氏，其尊人礼之甚至；后其子非解事者，而苛责馆课转严。南园赋诗云：“急管繁弦《子夜》声，宫商强半不分明。老夫听惯开元曲，听到残唐刻刻惊。”

二八

诗有音节清脆，如雪竹冰丝，非人间凡响；皆有天性使然，非关学问。在唐则青莲一人，而温飞卿继之。宋有杨诚斋，元有萨天锡，明有高青丘。本朝继之者，其惟黄莘田乎？

二九

偶见晚唐人辞某节度七律一首，前四句云：“去违知己住违亲，欲策羸骖屡逡巡。万里家山归养志，十年门馆受恩身。”读之一往情深，必士君子中有至性者也。恨不友其人于千载以上。惜不能记其全首与其姓名。他日翻撷《全唐诗》，自能遇之。

卷十一

一

吴中诗学，娄东为盛。二百年来，前有凤洲，继有梅村；今继之者，其弇山尚书乎？《过吴祭酒旧邸》诗云："我是娄东吟社客，瓣香私淑不胜情。"其以两公自命可知。然两公仅有文学，而无功勋；则尚书过之远矣！尚书虽拥节钺，勤王事，未尝一日释书不观；手披口诵，刻苦过于诸生。诗编三十二卷，曰《灵岩山人诗集》。灵岩者，尚书早岁读书地也。

二

湖北陈望之方伯，为其年检讨之后人，诗才清妙，绰有家风。官楚时，适与毕、惠两公共事，可谓天与诗人作合也。第方伯诗，余只录见赠佳句入三卷中，此外未窥全豹。忽有松江廖某持《养鹤图》见题，中有方伯一绝云："美人自结岁寒盟，入座云山照眼明。料理鹤粮门尽掩，松花如雨扑帘旌。"清脆绝尘。尝鼎一脔，亦可知味矣。

三

毕尚书宏奖风流，一时学士文人，趋之如鹜。尚书已刻黄仲则等八人诗，号《吴会英才集》。此外，尚有吴下张琦，字映山者，亦在幕中。生平不甚读书，而工作韵语。五言如：咏《帘》云："西北小红楼，湘帘懒上钩。织成千缕恨，添得一层愁。夜逗玲珑月，风穿琐碎秋。炉香隔不断，偷出画檐浮。"七律如：《登妙高台》云："海门中折大江开，浩浩风涛白雪堆。楼阁自盘飞鸟上，淮、徐争送好山来。千秋吊古空搔首，二月怀人正落梅。满池江湖双白眼，与谁同覆掌中杯？"《夏日感怀》云："笠泽湖边是我家，钓竿鱼艇足生涯。酒泉恋酒不归去，开过几番菡萏花？"和人《寒食忆旧》云：

"春好因寻方外交，小楼高出万松梢。山童遥指向予笑，开士作家如鸟巢。""六桥春水曲还通，载酒舟行夕照中。指点莺声好楼阁，小桃斜出一枝红。""醉笔灯前杂草行，已闻遥巷一鸡鸣。登床倘有梦归去，好趁半街残月明。"《游霭园》云："峰峦曲折水淙淙，花映藩篱竹映窗。最好小亭东北望，青山缺处露秋江。"五言绝句咏《温泉》云："欲访阿房迹，平原烟树昏。楚人一炬后，赢得水长温。"映山弟名瑗，字慕蘧，予于吴门见之。听其言，令人不衣自暖；诗有家风。《道中》云："人家屈曲居山腹，客骑盘旋走树头。"《舟中》云："远滩沙涨疑分港，顺水帆飞似逆流。"《应山道中》云："危峰有路人烟少，破庙无门水鸟栖。"《黄鹤楼》云："巴蜀浪喷天欲湿，荆襄云起树全无。"《题高校书小照》云："胭脂山接楚王宫，人好先知境不同。一阁岧岧阑曲曲，春深门闭百花中。"

四

王梦楼从云南归，尝诵宝意先生《忆旧》一绝云："莺花庭院绮罗年，筝语琴心记不全。剩有旧时金屈戌，画楼深锁五更天。"

五

许太夫人《夜坐》云："瘦削吟肩诗满腔，春灯独坐影幢幢。可怜落月横斜照，画稿分明印纸窗。"毕太夫人《夜坐》云："晚睡才兴理鬓鸦，侍儿擎到雨前茶。爱看写月桃花影，移上红窗六扇纱。"两题两诗，工力悉敌。

六

严东有选《宋人万首绝句》，采取最博。余流览说部，嫌有遗珠；为录数十首，以补其缺。未及交付，东有已亡。乃仿王渔洋《池北偶谈》采宋绝句之例以补之。其题、其作者姓名，俱不省记也。其诗云：

"镇日寻春不见春，芒鞋踏遍陇头云。归来偶过梅花下，春在枝头已十分。"

“昨日厨中乏短供，娇儿啼哭饭箩空。阿娘摇手向儿道：爷有新诗上相公。”

“十年山馆始围墙，竹里开门笋最长。一辆小车行得过，不愁花露湿衣裳。”

“行尽疏篱见小桥，绿杨深处有红蕉。分明眼界无分别，安置心头不肯消。”

“白头波上白头翁，家逐船移浦浦风。一尺鲈鱼新钓得，儿孙吹火荻芦中。”

“桃花雨过碎红飞，半逐溪流半染泥。何处飞来双燕子？一时含到画梁西。”

“金针刺破南窗纸，偷引寒梅一阵香。蝼蚁也知春富贵，倒拖花片上宫墙。”

“白云山上白云泉，泉自无心云自闲。何必奔流下山去，又添波浪在人间。”

“与郎相期月上时，及至月上郎不知。妾在平地见月早，郎在深山见月迟。”

“风急云惊雨不成，觉来春梦甚分明。当时苦恨银屏影，遮隔仙娥只听声。”

“寄语沙边鸥鹭群，也须从此断知闻。诸公有意除钩党，甲乙推排恐到君。”

“浪静风平月正中，自摇柔橹驾孤篷。若非三万六千顷，把甚江湖着此翁？”

“小桃无主自开花，烟草茫茫带晚霞。几处败垣围故井，向来一一是人家。”

“校猎山阴几度春，雕弓羽箭不离身。于今老去浑无力，看见飞鸿指示人。”

“鸣髇直上三千尺，风紧秋高雪正干。碧眼胡儿三百骑，尽提金勒向云看。”

“花前洒泪临寒食，醉里回头问夕阳。不管相思人老尽，朝朝容易下西墙。”

“桑麻不扰岁常登，边将无功吏不能。四十二年如梦醒，春风吹泪过昭陵。”

“绣袖翻翻上翠茵，舞姬犹是旧精神。座中莫怪无欢意，我与将军是故人。”

“相思无路莫相思，风里杨花只片时。惆怅深闺独归客，晓莺啼断落花枝。”

“嘱咐花香莫过墙，隔墙人正绣鸳鸯。闻香定要停针线，绣不成双不寄将。”

“花飞一片减春光，恰逐春风送夕阳。莫放珠帘遮燕子，好教含得上雕梁。”

“春风永巷闭娉婷，长使青楼误得名。不惜卷帘通一顾，怕君着眼未分明。”

“南邻北舍牡丹开，年少寻芳日几回。惟有君家老松树，春风来似未曾来。”

“雾里江山看不真，只凭鸡犬认前村。渡船满板霜如雪，印我青鞋第一痕。”

“牛渚矶边渺渺秋，笛声吹月下中流。西风不识张京兆，画得蛾眉如许愁!”

“未得霜晴不是晴，霜晴无复点云生。鹭鸶不遣鱼惊散，移脚惟愁水作声。”

“竹里茅茨竹外溪，粼粼白日护鱼矶。想因日日来垂钓，石上蓑衣不带归。”

“春山灵草百花香，谁识仙家日月长。满院莓苔绿阴匝，棋声何处隔宫墙?”

“田家汩汩水流浑，一树高花明远村。云意不知残照好，却将微雨送黄昏。”

“小白长红又满枝，筑球场外独支颐。春风自是人间客，主张繁华得几时。”

“月团新碾瀹花瓷，饮罢呼儿课《楚词》。风定小轩无落叶，青虫相对吐秋丝。”

“夜凉吹笛千山月，路暗迷人百种花。棋罢不知人换世，酒阑无奈客思家。”

“胡虏安知鼎重轻？指踪先自汉公卿。襄阳耆旧惟庞老，受禅碑中无姓名。”

“欲挂衣冠神武门，先寻水竹渭南村。却将旧斩楼兰剑，买得黄牛教子孙。”

“一年春事又成空，拥鼻微吟半醉中。夹道桃花新雨过，马蹄无处避残红。”

“帘里孤灯觉晚迟，独眠留得画残眉。珊瑚枕上惊残梦，认得萧郎马过时。”

“淡黄越纸打残碑，都是先王御制诗。白发内人含泪读，为曾亲见写诗时。”

七

《毛诗·伐木》章有“求其友声”之语。杜陵有“文章有神”之句。余初不信此言；后历名场五十年，方知古人非欺我也。戊申八月，年家子许香岩告余云：其同乡程蔌园明府，宰武进。六月望后，苦热移榻桑影山房，读《小仓山房诗》而爱之。《夜梦题后》云：“吟坛瓯北及新畬，盟主当时让本初。抟古为丸知力大，爱才若命见心虚。仙人偶戏蓬壶顶，下士争酣墨沈余。格调不能名一体，香山窃比意何如？”满洲诗人法时帆学士与书云：“自惠《小仓山房集》，一时都中同人借阅无虚日；现在已抄副本。洛阳纸贵，索诗稿者坌集；几不可当。可否再惠一部。何如？”外题拙集后云：“万事看如水，一情生作春。公卿多后辈，湖海有幽人。笔阵驱裙屐，词锋怖鬼神。莫惊才力猛，今世有谁伦？”此二人者，素不识面，皆因诗句流传，牵连而至；岂非文字之缘，比骨肉妻孥，尤为真切耶？又有皖江鲁沂者，见赠云：“此地在城如在野，其人非佛亦非仙。”却切随园。蔌园名明愫，孝感人。时帆名式善，满洲人。

八

有僧见阮亭先生，自称应酬之忙，颇以为苦。先生戏云：

“和尚如此烦扰，何不出家？”闻者大笑。余按：杨诚斋有句云：“袈裟未着嫌多事，着了袈裟事更多。”

九

虞山赵再白孝廉作诗，如武侯出师，志吞吴、魏，而气力不足。摘其《中秋呈鄂文端公》云：“楼虚贮月光常满，水阔涵星影自稀。”可谓颂扬得体。《真州朝阳楼》云：“万重山去围如海，千里江来折到楼。”《自嘲》云：“名士本来如画饼，古人原不好真龙。”又，《渡江》有“水立不动天无容”七字，殊奇。曾为余诵鄂公未遇时句云：“一饭便留客，得钱仍与人。”相公气局之大，早可想见。

一〇

齐田骈不屑仕宦，而家甚富。或戏之曰：“臣邻女貌称不嫁，行年三十而有七子；不嫁则不嫁，然而嫁过毕矣。今先生设为不宦，訾养千钟；不宦则不宦，而宦过毕矣。”孙芷亭仿其意，咏《息夫人》云：“无言空有泪，儿女粲成行。”

一一

沈永之与余同榜。五十年，官云南驿盐道。乞病归，途中信来，道生一女；适余生阿迟。念二人俱是么豚暮鹨，遂相订为婚。沈寄诗云：“天留蔗境与公尝，六十逾三学弄璋。”又曰：“兰谱同年交最旧，锦绷合璧事尤奇。”未几，沈来山中，云：“女为旁妻殷氏所出，本籍江宁。父某，康熙间作云南守备，侨居滇中，年八十余，闻沈失配，愿以女供箕帚。沈辞年老。殷强嬲不已。问何故。曰：‘我本江南人，坟墓现在金陵。公南人也，以女从公，庶几留江南一脉耳。’”吁！当殷翁起念时，岂料真有余之侨居江宁者一段因缘哉？天下事巧凑之奇，往往如此。为赋《感婚》长篇，中数句云：“果然此老嬉游处，安置他家女外孙。万里合教青鸟使，一函先报白头人。”殷夫人号称国色，携其女来随园相婿；故又云：“娇娃抱出珠相似，阿母同来花见羞。”沈得诗，以示梁瑶峰相公。公连读此二句，音较响。胡云坡尚书在座，不觉大笑。

一二

金陵太守谢镗，抵任时，索余对联。余赠云：“太守风清，江左依然迎谢傅；先生来晚，山中久已卧袁安。”陈省斋先生继其父，署守镇江。余代作对联云：“守郡继先人，问江水长流，剩几个当年父老；析薪绵世泽，愿黄堂少住，留一枝此日甘棠。”

一三

偶过竹林寺，见题壁云：“晓来一雨动新凉，独展残编坐竹房。无数风枝堕残滴，红阑干外即潇湘。”或云：“此近人赵鲁瞻诗也。”

一四

李方膺明府善画梅，性傲岸，而与余交好。殁后，其子某见赠云：“记得先君交两友，一子才子一梅花。”殊有风趣。有郭耕礼者，嫌其称父执之字为不恭。余曰：“‘仲尼祖述尧、舜。’子思且字其祖矣，何不恭之有？”

一五

桐城张文和公七十寿辰，上赐对联云：“潞国晚年犹矍铄；吕端大事不糊涂。”梁文庄公乞假养亲，上赐诗云：“翻祝还朝晚，卿家庆更深。”常州陈文恭公某相国挽联云：“执笏无惭真宰相；盖棺还是旧书生。”

一六

予幼时，大母常为予言：大父旦釜公，性豪侠，与沈遹声秀才交好。秀才中表杨大姑，有文君夜奔之事，托先祖为之道地。杨纤足，夜行不能逾沟。先祖助沈，为扶而过之。事发，藏匿余家。大姑纤腰美盼，吐属娴雅。大母亦怜爱之。母家讼于官。太守某恶其越礼，鬻与驻防旗下。大姑佯狂披发，自啖其溺。旗人不能容。沈暗遣人买归，终为夫妇，生一女而亡。后阅《香祖笔记》载此事，称武林女子王倩玉者，盖即杨氏，讳其姓为王也。其寄沈《长相思》一曲云：“见时羞，别时愁，百转千回不自由；教奴争罢休！懒梳头，怕凝眸，明月光中上小楼：思君枫叶秋！”

一七

戊申过虞山，竹桥太史荐士六人。孙子潇《长干里》云：“门前春风其来矣，珠箔无人自卷起。”《对酒》云：“黄金能买如花人，不能买取花时春。”陈声和《西庄草堂》云：“水高帆过当窗影，风起花传隔岸香。”《偶成》云：“生怕晓风吹絮落，愿为残烛照花眠。”皆少年未易才也。

一八

皇甫古尊在金陵市上，得金字扇一柄，乃前朝名妓徐翩翩所书。扇尾署名曰：“金陵荡子妇某”。古尊喜甚，求题于厉太鸿先生；得《卖花声》一阕，云：“花月秣陵秋，十四妆楼。青溪回抱板桥头。旧日徐娘无觅处，芳草生愁。金粉一时休，团扇谁留？殢人只有小银钩。句尾可怜书‘荡妇’，似诉漂流。”余读之，不觉魂消，亦以《挥扇士女图》索题。先生为填《南乡子》，云：“思梦髻慵梳，鹦鹉惊回依井梧。扇影似人人似月，圆初。十六盈盈十五余。并蒂点红蕖，更有关心好句书。不用近前频掩面，生疏。水院云廊见也无？”

一九

乾隆戊辰，李君宗典，权知甘泉，书来，道女子王姓者，有事在官，可作小星之赠。予买舟扬州，见此女于观音庵；与阿母同居，年十九，风致嫣然，任予平视，挽衣掠鬓，了无怍意。欲娶之，而以肤色稍次，故中止。及解缆，到苏州，重遣人相访，则已为江东小吏所得。余为作《满江红》一阕云：“我负卿卿，撑船去、晓风残雪。曾记得庵门初启，婵娟方出。玉手自翻红翠袖，粉香听摸风前颊。问姮娥何事不娇羞，情难说。既已别，还相忆；重访旧，杳无迹。说庐江小吏公然折得。珠落掌中偏不取，花看人采方知惜。笑平生双眼太孤高，嗟何益！”

二〇

随园四面无墙，以山势高低，难加砖石故也。每至春秋佳日，士女如云；主人亦听其往来，全无遮拦。惟绿净轩环房二十三间，非相识者，不能遽到。因摘晚唐人诗句作对联云："放鹤去寻三岛客；任人来看四时花。"

二一

张南垣以画法垒石，见者疑为神工。吴梅村、黄梨洲皆为之传，载文集中。太仓蔼赉园，为王麟洲奉常别业；园中假山，南垣遗制。后归弇山尚书，为奉母地，更名静逸园。毕太夫人《秋日闲居诗》题五律云："胜迹留城市，幽居得小园。吾生澹相寄，往事漫追论。人忆乌衣旧，名怜香草存。只今耽静逸，秋景满丘樊。""字摹王内史，诗爱郑都官。石色青书幌，花阴冷画阑。池鱼一二寸，庭竹两三竿。于此端居好，身闲梦亦安。""地迥人稀到，风清暑罢侵。竹帘香愔愔，桐阁绿情悄。隐几时看画，安弦静谱琴。夜凉明月上，扫石坐深林。""磴小花枝密，廊深书舍藏。有时翻秘帙，随意坐匡床。诗遇前春稿，炉凝隔夜香。庭前蹲石丈，亲见历沧桑。"

二二

韩慕庐尚书，虽为徐健庵司寇所识拔，而在朝中立不倚，于牛、李之党，两无所附；然官爵崇隆，终身平善：可知仕途之不须奔竞也。近今张警堂先生，以县令起家，官至监司；皆委怀任运，不营求而自得。诗才清妙。《过卢生庙》云："快马冲风急，添衣御晓寒。平生无好梦，醒眼过邯郸。"其襟怀之淡，定可知矣！又，《宣城夜行》云："夜半张灯起，披衣上马鞍。月明如欲曙，风敛不知寒。此景人谁见？长途心转安。襄阳旧游处，明日且盘桓。"刘霞裳秀才出公门下，仿其意作《铅山夜行》云："车比瓮尤仄，心闲坐颇安。清冰明似镜，冻月小于丸。灯远知村到，更深唤渡难。渐看浮草白，霜重夜将阑。"可谓工于窃比者矣。先生又过铜雀台云："可怜肠断分香日，输与开门放婢人。"使老瞒在九原，为之汗下。先生名铭，江西己卯孝廉。

二三

金陵张止原居士，立身端谨，为秋帆尚书所重，以家政托之。尝腊底冒雨招余游灵岩山馆，其襟怀可想。舟中诵其《春暮书事》云：“山苑浓阴覆绿苔，意行敷坐自徘徊。池边柳弱莺难驻，庭畔花残蝶未回。酒盏怕空先料理，柴门喜静且长开。人生得丧何须计？一任浮云过眼来。”《步尚书〈青门柳枝〉韵》云：“绿烟漠漠袅晴岚，紫陌轻阴月正三。怕上乐游原上望，引人离恨到江南。”居士名复纯，兼通医理，工赏鉴。

二四

壬寅冬，余游雉皋。何春巢引见其亲家徐湘圃司马。其人吐气如虹，不可一世；家有园亭之胜，招致名姝，宴饮竟夜。见赠云：“一病经年喜再生，西风吹客过江城。虎溪大笑酬前愿，雁宕闲游寄远情。荒径漫劳携杖访，倾心不待整冠迎。夜来天际文星聚，珠玉惊闻掷地声。”“飒飒空林乱叶声，相逢慰我寂寥情。多邀红袖同行酒，小摘寒蔬为煮羹。对月且拚三五夜，看花莫问短长更。幽怀万种愁千斛，不遇先生不肯鸣。”

卷十二

一

戴喻让有句云："夜气压山低一尺。"周蓉衣有句云："山影压船春梦重。"皆妙在可解不可解之间。

二

人人共有之意，共见之景，一经说出，便妙。盛复初《独寐》云："灯尽见窗影，酒醒闻笛声。"符之恒《湖上》云："漏日松阴薄，摇风花影移。"女子张瑶英《偶成》云："短垣延月早，病叶得秋先。"郑玑尺《雪后游吴山》云："人来饥鸟散，日出冻云升。"顾文炜《立夏》云："病骨先愁暑，残花尚恋春。"女子孙云凤《巫峡道中》云："烟瘴寒云起，滩声骤雨来。"沈大成《登净慈寺》云："花气随双屐，湖光纳一窗。"姜西溟《野行》云："桥欹眠折苇，槛倒坐双凫。"

三

吾乡郑玑尺先生，名江，康熙戊辰翰林。幼孤贫，里中有商人张静远者，助其读书。先生貌寝，眇一目，湛深经学，而诗独风骚。《自嘲》云："自号小冠杜子夏，人嗤一日江东王。"藏花片于书中，题云："卷里崔徽帐中李，何如通替见殷妃？"

四

有人画七八瞽者，各执圭、璧、铜、磁、书、画等物，作张口争论状，号《群盲评古图》；其诮世也深矣！刘鸣玉题云："耳聋偏要逢人聒，足跛转喜登山滑。可惜不逢周师达，眼珠个个金篦刮。"

五

又有人画《牵车图》，将妻子、奴婢、器具、食物，尽放车中；一枯瘦男子，牵长绳背负而走。空中一鬼，持鞭驱之。

亦醒世意也。余题云："人世肩头各一担，梅花驮过杏花残。暗中何必长鞭打？就作神仙懒亦难。"

六

宝意先生有女曰可，字长白，有才而夭。咏《苔》云："昨宵疑有雨，深院久无人。"《题画》云："黄雪襜褷点翠环，秋光一抹上房山。彩云飞尽碧天远，半夜月明响珮环。"宝意编其诗，号《昙花一现集》。

七

山阴女子陈淑旂《晚思》云："弱质怯春寒，名花带月看。惜花兼惜影，不忍倚阑干。"

八

山阴沈冰壶，字清玉，有《古调独弹集》。以新乐府论古事，极有见解。如：辨永王璘之非反，李白之受诬，作《夜郎行》；雪李赞皇之非党，作《崖州行》；笑隋主诛宇文，身死于宇文，作《南氏怨》。以何平叔之不父曹瞒为孝，不从司马为忠，其粉白不离手之说，即梁冀诬李固之胡粉饰貌也。人言崔浩毁佛遭祸，乃咏《崔浩》云："仙不能救，佛岂能厄？"尤为超脱。

九

汤中丞莘来聘湖上，云："小桥隔岸时通马，细柳如烟不碍莺。"江西杨子载《偶成》云："渔灯欲灭见渔火，细雨无声添落花。"

一〇

题画诗最妙者：徐文长《画牡丹》云："毫端顷刻百花开，万事惟凭酒一杯。茅屋半间无住处，牡丹犹自起楼台。"唐六如《画山水》云："领解皇都第一名，猖披归卧旧茅衡。立锥莫笑无余地，万里江山笔下生。"余之扫墓杭州也，苏州陆生鼎画扇赠云："一枝兰桨鸭头波，两个渔翁载酒过。好看旧山似新妇，迎门先为扫双蛾。"

一一

诗中用虎点缀者最少。吴尊莱有句云："樵声密云隔，虎迹落花封。"雪峤大师有句云："残雪枝头雪未消，熟眠老虎始伸腰。"唐人句云："夜深童子唤不起，猛虎一声山月高。"

一二

崔尚书应阶督浙、闽，自称研露老人；书扇赠歌者樱桃云："柳亸花娇已断魂，春风空自与温存。歌筵一曲当年事，犹识金环旧指痕。"

一三

松江何啸客有《西湖诗》四十首。或诵二首云："秦亭山头暖气匀，秦亭山下早梅新。嫁郎愿嫁秦亭住，占得梅花第一春。""长短兰桡拂渚汀，声声箫鼓集西泠。为谁唱出《桃花曲》？尽着萧郎帘外听。"

一四

诗改一字，界判人天，非个中人不解。齐己《早梅》云："前村深雪里，昨夜几枝开。"郑谷曰："改'几'字为'一'字，方是早梅。"齐乃下拜。某作《御沟》诗曰："此波涵帝泽，无处濯尘缨。"以示皎然。皎然曰："'波'字不佳。"某怒而去。皎然暗书一"中"字在手心待之。须臾，其人狂奔而来，曰："已改'波'字为'中'字矣。"皎然出手心示之，相与大笑。

一五

沈存中云："诗徒平正，若不出色，譬如三馆楷书，不可谓不端整；求其佳处，到死无一笔。"此言是也。然求佳句，诗便难作。戴殿撰有祺句云："但得闲身何必隐？不耽佳句易成诗。"

一六

宋人咏《五月菊》云："为嫌陶令醉，来就屈原醒。"咏《十月桃》云："刘郎再来岁云暮，王母一笑天为春。"两用事，俱清切。近日姜绍渠咏《诸葛菜》云："至味于今思淡泊，军行到处寓农桑。"

一七

圣人称诗"可以兴"，以其最易感人也。王孟端友某在都娶妾，而忘其妻。王寄诗云："新花枝胜旧花枝，从此无心念别离。知否秦淮今夜月，有人相对数归期？"其人泣下，即挟妾而归。

公出使伊犁，襄赞军事；《在黄制府行台即席有作》云："使相钧衡大将旗，西来宾阁喜追随。谈深席上杯行数，坐久窗间日过迟。任事肩无旁卸处，安边功是已成时。天兵讨叛非勤远，此意须教万姓知。"又《元旦试笔》云："年年染翰挥毫手，乍喜金鞭控铁骢。"呜呼！以一书生，而能走万里，赞军机，与沈文悫公以诗人而受帝宠者，皆近今所未有。可称吾榜中得人最多，张乖崖不得擅美于前。

一八

诗有正喻夹写，似是而非之语，最妙。王介祉咏《铁马》云："依人檐宇下，底作不平鸣？"香亭《阻风》云："想通天上银河易，力挽人间风气难。"周之桂咏《秋暑》云："傍晓灯偏光焰大，罢官人更热中多。"董曲江太史《过十八滩》云："漫夸利涉乘风便，始信中流立脚难。"周诗成时，适有罢官者冒酷暑入都，读者愈觉其佳。

一九

唐当治平时，或咏所见，曰："可惜数枝红艳好，不知今夜落谁家。"及世乱矣，或咏所见，曰："无穷红艳烟尘里，骤马分香散入营。"

二〇

谢深甫云："诗之为道，标举性灵，发舒怀抱，使人易于矜伐。"此言是也。然如杜审言临终谓宋之问曰："不见替人，久压公等。"袁嘏自称己所作诗，"须以大材迮之：不尔，飞去。"言虽夸，尚有风趣。汉桓帝时，马子侯自谓知音，弹

《陌上桑》，左右尽笑，而子侯犹摇头自得。则蚩犷太过矣。今之未偕竞病而诗狂欲上天者，毋乃类是？

二一

齐武帝于兴光楼上施青漆，谓之"青楼"；是青楼乃帝王之居。故曹植诗"青楼临大路"；骆宾王诗"大道青楼十二重"：言其华也。今以妓为青楼，误矣。梁刘邈诗曰："倡女不胜愁，结束下青楼。"殆称妓居之始。

二二

《小雅》："惟桑与梓，必恭敬止。"考上下文，并无乡里之说。张衡《南都赋》："永世克孝，怀桑梓焉。真人南巡，睹旧里焉。"后人因之，遂以桑梓为乡里。

二三

宋潜溪曰："人皆云：'陶渊明不肯用刘宋年号，故编诗但书甲子。'此误也。陶诗中凡十题甲子，皆是晋未亡时，最后丙辰，安帝尚存，琅琊王未立；安得弃晋家年号乎？其自题甲子者，犹之今人编年纂诗，初无意见。"

二四

黄鲁直诗"月黑虎夔藩"，用少陵《课伐木》诗序，云："有虎知禁"，"必昏黑撞突夔人屋壁"。夔者，夔州人也。鲁直以"夔"字当"窥"字解，为益公《题跋》所讥。

二五

吴冠山先生言："散体文如围棋，易学而难工；骈体文如象棋，难学而易工。"余谓古诗如象棋，近体如围棋。

二六

何南园咏《野菊》云："绝无人处偏逢我，不寄篱边独羡君。"写"野"字妙。李琴夫咏《瓶菊》云："未许园林终晚节，不妨风雨到重阳。"写"瓶"字妙。李又有"风定雨丝直"，五字亦佳。

二七

鱼门太史云："古文有可读者，有可观者。"余谓诗亦然：有可读者，有可观者；可观易，可读难。

二八

余过如皋，访冒辟疆水绘园。荒草废池，一无陈迹；惟败壁上有断句云："月因恋客常行缓，风为吹花不忍狂。"刘霞裳有句云："一片乱红吹满地，看来最忍是东风。"正与此意相反。

二九

吾乡王百朋先生《过李白庙》云："气吞高力士，眼识郭汾阳。"只此十字，可以概太白生平。

三〇

读诗不读史，便不知作者事何所指。李焘《长编》载：宋真宗为李沆还债三十万。故宋人诗云："新祠民祭祀，旧债帝偿还。"《唐书》载：王毛仲奏明皇：愿得宋璟为客。帝许之。故徐骑省《赠陈侍郎花烛》云："坐客亦从天子赐，更筹须为主人留。"

三一

余不喜时文，而平生颇得其力。壬寅游天台，渡钱塘江，到客店，无舟可雇；遇查广文耕经有赴任船，用名纸借之，欣然来见，曰："向读先生文登第，让船所以报也。"余赠诗云："一只孝廉船肯让，期君还作后来人。"到新昌，邑令苏公曜，素不相识，遣车远迎，供张甚饰。余骇然，询其故，如查所语。余赠诗云："羁旅忽逢倾盖客，文章曾是受知人。"苏宣化孝廉，作官有惠政，解饷入都，后任反其所为，民苦之。余到时，适苏回任，邑人争迎，上匾云"还我使君"，对联云："三春花雨重携鹤；百里笙歌早入云。"不料新昌僻县，竟有文人颂扬甚雅。

卷十三

一

乌程凌云，字香坪，少有《吴门纪事》诗，极酒场花径之乐。晚年就馆李参戎家，郁郁不得志而卒。《胥门感旧》云："金阊曾度五清明，选胜携朋取次行。杨柳堤边调细马，杏花村里听娇莺。春风久负青山约，旧雨难寻白鹭盟。今日胥江重舣棹，斜阳芳草不胜情。"《过分水龙王庙》云："汶河西注水汪洋，南北中分界两行。从此空弹游子泪，随波流不到家乡。"他如："雨积山多瀑，烟收树满村。""鱼跳惊烛影，鸡唱乱拏音。"俱有风味。

二

苏州汪缙，诗学七子。《游穹隆》云："星满天坛河泻影，月离海峤树生烟。"《栖霞》云："云埋大壑封秦树，雷劈阴崖见禹碑。"乙酉秋闱，遗才不录，遽登舟归。余闻之，急往见学使彭公芸楣。公谦云："某在此衡文三年，得毋有人怨我乎？"答曰："有。"彭骇然变色。余笑曰："公毋惊也。诗人汪大绅，公不许其入场。何也？"彭更骇云："此某所拔岁考案首也，岂有遗才不取之理？"余云："渠已买舟归矣。"乃手书其名，补付提调，而遣人追之；时已八月初七日矣。傍晚江到。见谢诗云："业已湛卢归越国，忽蒙追骑唤王孙。"

三

考据家不可与论诗。或訾余《马嵬》诗，曰："'石壕村里夫妻别，泪比长生殿上多。'当日贵妃不死于长生殿。"余笑曰："白香山《长恨歌》'峨嵋山下少人行'，明皇幸蜀，何曾路过峨嵋耶？"其人语塞。然太不知考据者，亦不可与论诗。余《钱塘江怀古》云："劝王妙选三千弩，不射江潮射汴河。”或訾之曰：“宋室都汴，不可射也。”余笑曰：“钱谬射潮时，宋太祖未知生否。其时都汴者何人，何不一考？”

四

唐相陆扆云：“士不饮酒，已成半士。”余谓：诗题洁，用韵响，便是半个诗人。

五

芜湖洪进士銮，以“江山好处浑如梦，一塔秋灯影六朝”句驰名。沈归愚爱其“夕阳无近色，飞鸟有高心”二句。余道不如“窗边落微雪，竹外有斜阳”之自然也。七言云：“人居客馆眠常早，家寄空书写最难。”

六

壬戌秋，余补官江宁，途逢豫长卿，以弟子礼见。其人修洁自好，以《咏帘波》为戴雪村先生所赏。诗宗温、李。其《秦淮曲》云：“灯船歌吹酒船迟，天鼓声闲唱《柘枝》。石上暗潮呜咽语，无人解拜侍中祠。”可谓曲终奏雅矣。咏《竹床》云：“微吟留枕席，残梦入潇湘。”

七

古名士半从幕府出，而今则读书不成，始习幕，此道渐衰。犹之古称秀才，杨素以为惟周、孔可以当之；非若今之读时文诸生也。康熙、雍正间，督抚俱以千金重礼，厚聘名流。一时如张西清、范履渊、潘荆山、岳水轩等，皆名重一时。范诗最清，无从访觅。只记西清《过浔阳》云：“浔阳江上客，一岁两经过。去日梅花好，归时枫叶多。橹声摇夜月，帆影落晴波。为向山僧问：尘容添几何？”

八

沈归愚选本朝诗，不知杭州王百朋，几有遗珠之叹。余告之曰：“百朋，诸生，名锡，毛西河高弟子也。有《啸竹轩集》。”《无题》云：“灯暗频疑虚室响，衾多不敌半床寒。”“金针人处心俱痛，素线添时恨共牵。”皆余幼时所熟诵句。其子厚斋与余邻居交好，和余《落花》云：“乍惊彼美从天降，直觉斯文扫地来。”余觉不祥，果一第而卒。厚斋名风淳。

九

人但知商宝意先生以诗名海内，而不知其弟名书、字响意者，亦诗人也。作贵州吏目。有《消夏吟》云：“雨后壑全响，日中崖半阴。壤檐蛛网结，嘉树雀巢深。永日无公事，闲居有道心。短衣随意着，凉意满衣襟。”又：“六月无三伏，一朝有四时。”“蜂巢当午闹，蚓壤趁凉歌。”真能写黔中风景。

一〇

唐人诗中，往往用方言。杜诗：“一昨陪锡杖。”“一昨”者，犹言昨日也。王逸少帖：“一昨得安西六日书。”晋人已用之矣。太白诗：“遮莫枝根长百尺。”“遮莫”者，犹言尽教也。干宝《搜神记》：“张华以猎犬试狐。狐曰：‘遮莫千试万虑，其能为患乎？”’晋人亦用之矣。孟浩然诗：“更道明朝不当作，相期共斗管弦来。”“不当作”者，犹言先道个不该也。元稹诗：“隔是身如梦，频来不为名。”“隔是”者，犹云已如此也。杜牧诗：“至竟薛亡为底事？”“至竟”者，犹云究竟也。

一一

《古乐府》：“碧玉破瓜时。”或解以为月事初来，如瓜破则见红潮者，非也。盖将瓜纵横破之，成二“八”字，作十六岁解也。段成式诗：“犹怜最小分瓜日。”李群玉诗：“碧玉初分瓜字年。”此其证矣。又诗中用“所由”者，盖本《南史·沈炯传》。文帝留炯曰：“当敕所由，相迎尊累。”一解以为州县官，一解以为里保。又，和凝诗：“蝤蛴领上诃梨子。”人多不解。朱竹垞曰：“诃梨，妇女之云肩也。”吕种玉《言鲭》云：“禄山爪伤杨妃乳，乃为金诃子以掩之。或云即今之抹胸。”

一二

桐城二诗人，方扶南与方南塘齐名。鱼门爱扶南。余独爱南塘，何也？以其诗骨清故也。扶南苦学玉溪、少陵两家，反为所累，夭阏性灵。南塘如：“风定孤烟直，天遥独鸟沉。”“因潮通估客，隔苇见渔灯。”“闰年入夏花犹在，积雨逢晴草怒生。”皆扶南所不能。至于“无意怀人偏入梦，未报恩门羞再入”，其妙在真。又：“清风时一来，悠然复徐歇。”真陶诗之佳者。

一三

顾侠君先生选《元百家诗》，梦有古衣冠者数百人，拜而谢焉。杭州严曙声焬赠云：“但见三吴书板盛，不知十载选楼忙。”王介眉撰《通鉴》，成而未梓。储梅夫赠云：“二十一史加前明，王郎镂板胸中行。”

一四

凡咏险峻山川，不宜近体。余游黄山，携曹震亭、江鹤亭两诗本作印证。以为江乃巨商，曹故宿学；以故置江而观曹。读之，不甚慊意，乃撷江诗，大为叹赏。如：《雨行许村》云：“昨朝方戒途，雨阻欲无路。今晨思启行，开门满晴煦。雨若拒客来，晴若招客赴。山灵本无心，招拒讵有故？”又曰：“非是山行刚遇雨，实因自入雨中来。”皆有妙境。《云海》云：“白云倒海忽平铺，三十六峰遭吞屠。风帆烟艇虽不见，点点螺髻时有无。一笑看（按：“看”字据民国本加。）尘中，局缩辕下驹，曷不来此登斯须？垣遮瓦压胡为乎？”《云谷》云：“领妙如悟禅，搜秘等居雠。看山得是法，善刃无全牛。”其心胸笔力，迥异寻常。宜其隐于禺荚，而能势倾公侯，晋爵方伯也。卒无子，年逾六十而终。呜呼！非余与交四十年，又谁知其能诗哉？

一五

余尝谓鱼门云：“世人所以不如古人者，为其胸中书太少。我辈所以不如古人者，为其胸中书太多。昌黎云：‘非三代、两汉之书不敢观。’亦即此意。东坡云：‘孟襄阳诗非不佳，可惜作料少。’施愚山驳之云：‘东坡诗非不佳，可惜作料多。诗如人之眸子，一道灵光，此中着不得金屑；作料岂可在诗中求乎？’予颇是其言。或问：‘诗不贵典，何以少陵有读破万卷之说？’不知‘破’字与‘有神’三字，全是教人读书作文之法。盖破其卷，取其神；非囫囵用其糟粕也。蚕食桑而所吐者丝，非桑也；蜂采花而所酿者蜜，非花也。读书如吃饭，善吃者长精神，不善吃者生痰瘤。”

一六

严冬友曰：“凡诗文妙处，全在于空。譬如一室内，人之所游焉息焉者，皆空处也。若窒而塞之，虽金玉满堂，而无安放此身处；又安见富贵之乐耶？钟不空则哑矣，耳不空则聋矣。”范景文《对床录》云：“李义山《人日》诗，填砌太多，嚼蜡无味。若其他怀古诸作，排空融化，自出精神。一可以为戒，一可以为法。”

一七

明季用兵时，有女子刘素素者，被掠，题诗店壁云：“天明吹角数声残，将士传呼上玉鞍。恰忆当时闺阁里，晓妆犹怯露桃寒。”

一八

宛平袁明府增，字保侯，宰江宁时，与余通谱。有句云：“天远望穷飞去鸟，春寒误尽早开花。”咏《瓶》云：“饮水自知胸最冷，衔花应觉口常香。”

一九

先慈九十生日，祝寿诗无虑百余首；予独爱龚旭开秀才五律一结云：“为有称觞客，今朝户不扃。”淡而有味。

二〇

杭州风俗：人家作酱，瓮上镇压，必书“姜太公在此”五字。余尝疑之。孙文和秀才笑曰：“君岂不知太公不能将兵，而善将将乎？”又过张息侯家，见其奴携灯笼来，上题“赖有此耳”四字。两用史书语，令人莞然。

二一

蒋戟门观察招饮，珍馐罗列，忽问余："曾吃我手制豆腐乎？"曰："未也。"公即着犊鼻裙，亲赴厨下。良久擎出，果一切盘餐尽废。因求公赐烹饪法。公命向上三揖；如其言，始口授方。归家试作，宾客咸夸。毛俟园广文调余云："珍味群推郇令庖，黎祈尤似易牙调。谁知解组陶元亮，为此曾经三折腰。"

二二

南宋末年，士大夫簠簋不饬。有郑熏者，素作贼，以军功得主簿，众不礼焉。郑乃献诗云："郑熏素行本非端，熏有狂言上众官。众官作官还作贼，郑熏作贼还作官。"

二三

方亨咸《论画》云："神品如孙、吴。能品是刁斗森严之程不识。逸品则解鞍纵卧之李将军。"又曰："厚不因多，薄不因少。"余爱其言可通于诗，故录之。

卷十四

一

真州张啸门游鸠江，遇邻舟一女子，倚篷窗而哦，与语，凄绝不言。但见其《题青罗带寄人》云：“扁舟一夜灯如雪，无限深情羞不说。东风何苦又天明，抵死催人江上别。”

二

咏史有三体：一借古人往事，抒自己之怀抱：左太冲之《咏史》是也。一为隐括其事，而以咏叹出之：张景阳之《咏二疏》、卢子谅之《咏兰生》是也。一取对仗之巧：义山之“牵牛”对“驻马”、韦庄之“无忌”对“莫愁”是也。

三

写景有句同而意不同者：元人云：“石压笋斜出。”宋人云：“断桥斜取路。”近人刘春池云：“鸟喧晴树乐于人。”鲁星村云：“炎天几席热于人。”啸村云：“雪中无陋巷。”星村云：“远岸无高树。”皆句同而意不同也。亦有句不同而意同者，如：“岸阔树难高”、“远树浪头生”，与“远岸无高树”意思相同，皆不害其为佳也。

四

余方送鲁星村出门，而雨势将下。鲁吟云：“雨声犹在云，风色已到树。”余为击节，命司阍者录登门簿中。鲁曰：“我不料公之爱诗若此也。”大笑去。

五

余常劝作诗者，莫轻作七古。何也？恐力小而任重，如秦武王举鼎，有绝膑之患故也。七古中，长短句尤不可轻作。何也？古乐府音节无定而恰有定，恐康昆仑弹琴，三分琵琶，七分筝弦，全无琴韵故也。初学诗，当先学古风，次学近体，则其势易。倘先学近体，再学古风，则其势难。犹之学字者，先学楷书，后学行草，亦是一定之法。杭堇浦先生教人多作五排，曰："五排要对仗，不得不用心思。要典雅，不得不观书史。但专作五言八韵之赋得体，则终身无进境矣。"

六

作诗能速不能迟，亦是才人一病。心余《贺熊涤斋重赴琼林》云："昔着官袍夸美秀，今披鹤氅见精神。"余曰："熊公美秀时，君未生，何由知之？赴琼林不披鹤氅也。"心余曰："我明知率笔，然不能再构思。先生何不作以示我？"余唯唯。迟半月，成七绝句，心余以为佳。余乃出簏中废纸示之，曰："已七易稿矣。"心余叹曰："吾今日方知先生吟诗刻苦如是；果然第七回稿胜五六次之稿也。"余因有句云："事从知悔方征学，诗到能迟转是才。"

七

《全唐诗》凡和尚、道士、仙人，都无好诗；不如才鬼、山魈，却有佳句。

八

诗人笔太豪健，往往短于言情；好征典者，病亦相同。即如悼亡诗，必缠绵婉转，方称合作。东坡之哭朝云，味同嚼蜡：笔能刚而不能柔故也。阮亭之《悼亡妻》，浮言满纸，词太文而意转隐故也。近时杭堇浦太史《悼亡妾》诗，远不如樊榭先生。今摘数首为比例。厉《哭月上》云："一场短梦七年过，往事分明触绪多。搦管自称诗弟子，散花相伴病维摩。半屏凉影颓低髻，三径春风曳薄罗。今日书堂觅行迹，不禁双鬓为伊皤。""无端风信到梅边，谁道蛾眉不复全？双桨来时人似玉，一奁去后月如烟。第三自比清溪妹，最小相逢白石仙。十二碧栏重倚遍，那堪肠断数华年！""病来倚枕坐秋宵，听彻江城漏点遥。薄命已知因药误，残妆不惜带愁描。闷凭盲女弹词话，危托尼姑祝梦妖。几度气丝先诀别，泪痕兼雨洒芭蕉。""郎主年年耐薄游，片帆望尽海西头。将归预想迎门笑，欲别俄成满镜愁。消渴频烦供茗碗，怕寒重与理薰篝。春来憔悴看如此，一卧枫根尚忆否？”廖古檀《悼亡》云：“合欢花瓣委轻尘，风雨边城不见春。若忆小窗扶病起，脂残粉褪写遗真。”商宝意《哭环娘》云：“待年略住娉婷市，却聘曾嫌富贵家。”“还余清净三生体，欠汝滂沱泪数行。”宝山黄燮鼎《悼亡》云：“无多奠酒谙卿量，未就埋香谅我贫。”皆言情绝调。

九

诗者，人之精神也；人老则精神衰葸，往往多颓唐浮泛之词。香山、放翁尚且不免，而况后人乎？故余有句云：“莺老莫调舌，人老莫作诗。”

一〇

望海诗：朱草衣云：“地影全无着，天形转不高。”沈子大云：“天水无边孤月在，鱼龙欲起大风生。”王次岳云：“晓传鼍吼占风起，夕闪鱼睛讶日生。”江舟次云：“万里全凭针作路，六时只见浪摇天。”

一一

诗文之道，全关天分。聪颖之人，一指便悟。霞裳初见余时，呈诗十余首。余不忍拂其意，尽粘壁上；渠亦色喜。遂同游天台，一路唱和，恰无一言及其前所呈诗也。往反两月，霞裳归家，急奔园中，取壁上诗，撕毁摧烧之，对余大笑。余亦戏作桓宣武语，曰：“可儿！可儿！”

一二

唐荆川云：“诗文带富贵气者，便不佳。”余道不然。金桧门总宪《郊西柳枝》云：“西直门边柳万枝，含烟带露拂旌旗。长是至尊临幸地，世间离别不曾知。”程午桥太史《菊屏》云：“低枝芬馥当书幌，细蕊离披近笔床。六曲屏风花万叠，人间何处五更霜？”两绝句俱富贵，何尝不佳？又记宋人富贵诗曰：“踏青驸马未还家，公主传宣赐早茶。十二阑干春似海，隔窗闲杀碧桃花。”“画烛烧阑暖复迷，殿帷深锁下银泥。开门欲作侵晨散，已是明朝日向西。”“千官已醉犹教坐，百戏皆呈未放休。共看拜恩侵晓出，金吾不敢问来由。”

一三

人言黄鹤楼无佳对；惟鲁亮侪观察一联云“到来径欲凌风去，吟罢还思借笛吹”差胜。鲁星村云：“‘凌风’二字，改‘乘云’二字，更佳。”

一四

断句入耳，有终身不能忘者。言情，则周兰坡《送别》云：“临行一把相思泪，当作珍珠赠故人。”写景，则周起渭《西湖》云：“若把西湖比明月，湖心亭是广寒宫。”寄托，则朱赞皇《咏牡丹》云：“漫道此花真富贵，有谁来看未开时？”感慨，则徐方虎《赠冒辟疆》云：“人逢沧海遗民少，语听开元旧事多。”

一五

人必先有芬芳悱恻之怀，而后有沉郁顿挫之作。人但知杜少陵每饭不忘君；而不知其于友朋、弟妹、夫妻、儿女间，何在不一往情深耶？观其冒不韪以救房公，感一宿而颂孙宰，要郑虔于泉路，招李白于匡山；此种风义，“可以兴，可以观”矣。后人无杜之性情，学杜之风格，抑末也！蒋心余读陈梅岑诗，赠云：“一代高才有情者，继袁夫子是陈君。”

一六

何义门曰：“冯定远谓：‘熟观义山诗，可免江西粗俗槎丫之病。’余谓熟观义山诗，兼悟西昆之失。西昆只是雕饰字句，无义山之高情远识；即文从字顺，犹有间也。”

一七

苏州闺秀江铭玉，有《堂上视膳》诗云：“明知温清时时缺，隐惧春秋渐渐高。”真能道人子之心。余读之，为泣下。

卷十五

一

今人动称“勾栏”为教坊。《甘泽谣》辨云：“汉有顾成庙，设勾栏以扶老人。非教坊也。”教坊之称，始于明皇，因女伎不可隶太常，故别立教坊。王建《宫词》、李长吉《馆娃歌》，俱用“勾栏”为宫禁华饰。自义山倡家诗有“帘轻幕重金勾栏”之词，而“勾栏”遂混入妓家。

二

今人以荷包为荷囊，盖取刘伟明诗曰“西清寓直荷为橐，左蜀宣风绣作衣”之句。按：紫荷者，以紫为夹囊，服外，加于左肩，是周公负成王之服，一名“契囊”，见张晏注《丙吉传》。《宋书·礼志》：“朝服肩上有紫生夹囊，缀之朝服外，呼曰‘紫荷’。以盛奏章。”是紫荷非今之荷包明矣。惟《三国志》云：“曹操好佩小鞶囊。”似今之荷包。

三

《魏书·礼志》曰：“徒歌曰谣，徒吹曰和，比音而乐之及干戚羽毛谓之乐。”然则素琴以示终，笙歌以告哀，不可谓之乐也。宋王黼传遭钦圣之丧，犹召乐妓，舞而不歌，号曰“哑乐”。余故题《息夫人庙》有“箫鼓还须哑乐迎”之句。

四

张平子《归田赋》：“仲春令月，时和气清。”盖指二月也。小谢诗因之，故曰：“首夏犹清和，芳草亦未歇。”今人删去“犹”字，而竟以四月为“清和”。

五

《珍珠船》言：“萱草，妓女也。人以比母，误矣。”此说盖本魏人吴普《本草》。按《毛诗》：“焉得萱草，言树之背。”注云：“背，北堂也。”人盖因“北堂”而傅会于母也。

《风土记》云："妇人有妊，佩萱则生男。故谓之宜男草。"《西溪丛语》言："今人多用'北堂萱堂'于鳏居之人，以其花未尝双开故也。"似与比母之义尚远。

六

今人称伶人女妆者为"花旦"，误也。黄雪槎《青楼集》曰："凡妓以墨点面者号花旦。"盖是女妓之名，非今之伶人也。《盐铁论》有"胡虫奇妲"之语。方密之以"奇妲"为小旦。余按：《汉郊祀志》："乐人有饰女妓者。"此乃今之小旦、花旦。"奇妲"二字，亦未必作小旦解。

七

今称夫妻为"结发"，女拜曰"敛衽"，皆误也。按《李广传》："广自结发与匈奴战。"苏武诗："结发为夫妻。"泛称自幼束发之意，非指称结两人之发也。成婚之夕，男左女右，合其髻曰"结发"，始于刘岳《书仪》。《战国策》："江乙谓安陵君曰：'国人见君，莫不敛衽而拜。'"《留侯世家》曰："陛下南面称霸，楚君必敛衽而朝。"皆指男子也。今称女拜为"敛衽"，不知始于何时。

八

今人称诗题为"题目"。按：二字始见于《世说》："山司徒前后选百官，举无失才，凡所题目，皆如其言。"又："时人欲题目高坐上人而未能。桓公曰：'精神渊箸。"是"题目"者，品题之意，非今之诗题、文题也。

九

宋人多称曾子固不能诗。乃《上元祥符寺宴集》云："红云灯火浮沧海，碧水瑶台浸远空。"又，《享祀军山庙歌》："土膏起兮，流泉驶兮。"凡二百余言，俱不减作者。

一〇

俗传黄崇嘏为女状元。按《十国春秋》："崇嘏好男装，以失火系狱，邛州刺史周庠爱其丰采，欲妻以女。乃献诗云：'幕府若容为坦腹，愿天速变作男儿。'庠惊召问，乃黄使君女也。幼失父母，与老妪同居。命摄司户参军，已而乞罢归，不知所终。”今世俗讹称女状元者，以其献诗时，自称“乡贡进士”故也。严冬友曰：“徐文长《四声猿》剧，末一折为《女状元》，即崇嘏事。此俗称所始。”

一一

诗有听来甚雅，恰行不得者。金寿门云：“消受白莲花世界，风来四面卧中央。”诗佳矣，果有其人，必患痎疟。雪庵僧云：“半生客里无穷恨，告诉梅花说到明。”诗佳矣，果有其事，必染寒疾。

一二

《毛诗》：“流离之子。”《郑笺》；“流离，鸟名。”今讹以为离散之词。犹之“狼狈”，兽名也；今讹以为困顿之词。“琐尾”二字，《笺》：“美好也。”今亦讹为琐碎之词。

一三

谢位联《贺进士》云：“赴宴琼林早，题名雁塔高。”余有旧拓《雁塔题名记》十余张，皆缙绅大夫、僧流羽士之名，非止新进士也。唐进士于曲江宴赏之余，多有各题名姓者。今人遂以“雁塔题名”为称贺进士之言。

一四

世传苏小妹之说，按《墨庄漫录》云：“延安夫人苏氏，有词行世，或以为东坡女弟适柳子玉者所作。”《菊坡丛话》云：“老苏之女幼而好学，嫁其母兄程濬之子之才。先生作诗曰：‘汝母之兄汝伯舅，求以厥子来结姻。乡人婚嫁重母族，虽我不肯将安云。”考二书所言，东坡止有二妹；一适柳，一适程也。今俗传为秦少游之妻，误矣！或云：“今所传苏小妹之诗句对语，见宋林坤《诫斋杂记》，原属不根之论。犹之世传甘罗为秦相。”按《国策》：“甘罗年十二，为少庶子，请张卿相燕。又事吕不韦，以说赵功，封上卿。”并无为秦相之说。然《仪礼疏》亦云：“甘罗十二相秦。”则以讹传讹久矣。

一五

今人称女子加笄为“上头”。按《南史·孝义传》：“华宝八岁，父成往长安，临别曰：‘须我还，为汝上头。’长安陷，父不归。宝年至七十，犹不冠。”是“上头”者，男子之事。今专称女子，心颇疑之。读《晋乐府》云：“窈窕上头欢，那得及破瓜？”则主女说亦可。

一六

唐耿纬《长门怨》云：“闻道昭阳宴。”杨衡云：“望断昭阳信不来。”刘媛云：“愁心和雨到昭阳。”按：昭阳为成帝时赵氏姊妹所居，与武帝之陈后长门无涉。

一七

章槐墅观察曰：“泰山从古迄今，皆言自中干发脉。圣祖遣人从长白山，踪至旅顺山口，龙脉入海，从诸岛直接登州，起福山而达泰山，凿凿可据。”余虽未至旅顺福山，然山左往来，不惟岱岳位震而兑，即观汶、泗二水源流，亦皆自东而西：则泰山不从中干发脉，又一确证也。因纪以诗云：“两条汶、泗朝西去，一座泰山渡海来。笑杀古今谈地脉，分明是梦未曾猜。”

一八

邵又房《赠友》云：“《广陵散》里求知己，不特弹无听亦无。”余叹其意包括甚广。按《文苑英华》顾况序：弹琴者王女继之，名“日宫”、“月宫”；有《归云引》、《华岳引》诸曲，皆《广陵散》之遗音。是叔夜所弹，未尝绝也。《唐书·韩皋传》，解《广陵散》为嵇康思魏之意。因毌丘俭、诸葛诞俱起兵于广陵，思兴复魏室，而兵皆散亡，故曰从此绝矣。非专指琴也。

一九

或问：“杨升庵有句云：‘一桶水倾如佛语，两重纱夹起江波。’应作何解？”余按：徐骑省不喜佛经，常云：“《楞严》、《法华》，不过以此一桶水，倾入彼一桶中。倾来倒去，还是此一桶水。识破毫无余味。”此升庵所本也。方空纱用一层糊窗，原无波纹；夹以两层，必有闪烁不定之波。恐升庵即事成诗，未必有本。余亦有句云：“水痕泻地方圆少，雪片经风厚薄多。”一用《世说》，一用《东坡志林》。

二〇

诗文自须学力，然用笔构思，全凭天分。往往古今人持论，不谋而合。李太白《怀素草书歌》云：“古来万事贵天生，何必公孙大娘浑脱舞？”赵云松《论诗》云：“到老始知非力取，三分人事七分天。”

二一

孔子曰：“刚毅木讷近仁。”余谓：人可以木，诗不可以木也。人学杜诗，不学其刚毅，而专学其木；则成不可雕之朽木矣。潘稼堂诗，不如黄唐堂：以一木而一灵也。余选钱文敏公诗甚少，家人误抄十余章。余读之，生气勃勃，悔知公未尽。居亡何，有人云：“此孙渊如诗也。”余自喜老眼之未昏。

二二

诗含两层意，不求其佳而自佳。或咏《太行山》云：“但有路可上，再高人也行。”咏《烛》云：“只缘心尚在，不免泪长流。”咏《相见坡》云：“劝君行路存余步，山水还留相见坡。”

二三

余梓诗集十余年矣，偶尔翻撷，误字尚多；因记椒园先生咏《落叶》云：“看月可知遮渐少，校书真觉扫犹多。”

二四

昆山城隍祠四宜轩有积土，道士将筑亭其上。阶石甫甃，雷击之，三甃三击；掘地，乃是黄子澄墓。邑志载：公被戮，其门下士拾骨葬此。钱溉亭进士诗云：“昔时诛戮无遗婴，此日风雷护残骨。”

卷十六

一

古人诗集之多，以香山、放翁为最。本朝则未有多如吾乡吴庆伯先生者。所著古今体诗一百三十四卷，他文称是，现藏吴氏瓶花斋。先生乳哺时，哑哑私语，皆建文逊国之事。年过十岁，方闭口不言。初为前朝马文忠公世奇所知，晚为本朝李文襄公之芳所知。康熙戊午，荐鸿词科，不遇而归。少时，在陈公函晖家作诗会，以《芙蓉露下落》为题，操笔立就，赠陈云："一辈少年争跋扈，明公从此愿躬耕。"陈大奇之。惜其集浩如烟海，不能细阅，欲梓而存之，非二千金不可。著述太多，转自累也。

二

毗陵黄仲则有《岁暮怀人诗·怀随园》云："近来词赋谐兼则，老去心情宦作家。建业、临安通一水，年年来往看梅花。"

三

元遗山惜义山诗无人笺注。渔洋先生亦有"一篇锦瑟解人难"之句。近时冯养吾太史注《玉溪集》，断定以为此悼亡之诗。"思华年"，原拟偕老也，"庄生晓梦"，用鼓盆事；"蓝田日暖"，用吴宫事：皆指夫妇而言。曰"无端"、曰"不忆"者，云从何得此佳妇。曰"惘然"者，早知好物不坚牢。《湘素杂记》以"锦瑟"为令狐家青衣者，非也。又注《漫成》五章，专为李卫公雪冤而作。"代北"二句，为石雄发。"韩公"、"郭令"，推尊德裕也。以史证之，殊为确切。

四

余尝谓：美人之光，可以养目；诗人之诗，可以养心。自格律严而境界狭矣；议论多而性情漓矣。

五

余读钱注杜诗，而知钱之为小人也。少陵“鄜州月”一首，所云“儿女”者，自己之儿女也。钱以为指肃宗与张后而言，则不特心术不端，而且与下文“双照泪痕干”之句，亦不连贯。善乎黄山谷之言曰：“少陵之诗，所以独绝千古者，为其即景言情，存心忠厚故也。若寸寸节节，皆以为有所刺；则少陵之诗扫地矣！”

六

金陵怀古诗，最难出色。皖江潘兰如瑛云：“《玉树庭花》唱已遥，金陵王气又重消。龙蟠不去怀双阙，牛首空回望六朝。故垒云低天漠漠，荒林秋尽雨潇潇。石头城畔多情月，夜夜来看江上潮。”通首音节清苍。又，《宛转歌》云：“宛转松上萝，松枯萝色喜。同体不同心，安望同生死？”殊堪风世。又：“船头山月落，人指海云生。”活对亦佳。

补遗卷一

一

《诗》始于虞舜，编于孔子。吾儒不奉两圣人之教，而远引佛老，何耶？阮亭好以禅悟比诗，人奉为至论。余驳之曰："《毛诗三百篇》，岂非绝调？不知尔时，禅在何处？佛在何方？"人不能答。因告之曰："诗者，人之性情也。近取诸身而足矣。其言动心，其色夺目，其味适口，其音悦耳：便是佳诗。孔子曰：'不学诗，无以言。'又曰：'诗可以兴。'两句相应。惟其言之工妙，所以能使人感发而兴起；倘直率庸腐之言，能兴者其谁耶？"

二

李玉洲先生曰："凡多读书，为诗家最要事。所以必须胸有万卷者，欲其助我神气耳。其隶事、不隶事，作诗者不自知，读诗者亦不知：方可谓之真诗。若有心矜炫淹博，便落下乘。"又有人问先生曰："大题目用全力了却，固见力量；倘些小题，亦用长篇，岂不更见才人手段？"先生笑曰："狮子搏兔，必用全力：终是狮子之愚。"

三

同一乐器：瑟曰鼓，琴曰操。同一著述；文曰作，诗曰吟。可知音节之不可不讲。然音节一事，难以言传，少陵"群山万壑赴荆门"，使改"群"字为"千"字，便不入调。王昌龄"不斩楼阑更不还"，使改"更"字为"终"字，又不入调。字义一也；而差之毫厘，失以千里。其他可以类推。

四

近日有巨公教人作诗，必须穷经读注疏，然后落笔，诗乃可传。余闻之，笑曰：且勿论建安、大历，开府、参军，其经学何如，只问"关关雎鸠"、"采采卷耳"，是穷何经、何注疏，得此不朽之作？陶诗独绝千古，而“读书不求甚解”；何不读此疏以解之？梁昭明太子《与湘东王书》云：“夫六典、三礼，所施有地，所用有宜。未闻吟咏情性，反拟《内则》之篇；操笔写志，更摹《酒诰》之作。‘迟迟春日’，翻学《归藏》；‘湛湛江水’，竟同《大诰》。”此数言振聋发聩；想当时必有迂儒曲士，以经学谈诗者，故为此语以晓之。

五

人问：“杜陵不喜陶诗，欧公不喜杜诗：何耶？”余曰：“人各有性情。陶诗甘，杜诗苦，欧诗多因，杜诗多创：此其所以不合也。元微之云：‘鸟不走，马不飞，不相能，胡相讥？”’

六

宋人《渔父》词云：“归来月下渔舟暗，认得山妻结网灯。”又云：“不愁日暮还家错，认得芭蕉出槿篱。”二语相似。余寓西湖德生庵，夜深断桥独步，常恐迷路，紧望僧庵灯影而归，方觉二诗之妙。

七

凡菱笋、鱼虾，从水中采得，过半个时辰，则色味俱变；其为菱笋、鱼虾之形质，依然尚在，而其天则已失矣。谚云：“死蛟龙，不若活老鼠。”可悟作诗文之旨。然人莫不饮食也，鲜能知味也。作者难，知者尤难。

八

金陵山川之气，散而不聚；以故土著者绝少传人。王、谢渡江，多作寄公，亦复门户不久；此其证也。然街衢宏阔，民气淳静，至今士大夫外来者，犹喜家焉。桐城姚姬传太史掌教钟山，有移居之志。赋诗云：“又向金陵十日留，依然双阙望牛头。交游聚处思移宅，衰病行时爱棹舟。萧寺风多疑作雨，后湖烟淡总如秋。僧书拟共舒王读，不吊兴亡惹泪流。”余谓第四句尤合余意。余当未衰时，亦喜舟行，畏陆行也。

太史七古雄厚，惜篇长难录。录其《岳阳楼见月》云："高楼深夜静秋空，荡荡江湖积气通。万顷波平天四面，九霄风定月当中。云间朱鸟峰何处？水上苍龙瑟未终。便欲拂衣琼岛外，止留清啸落湘东。"《吊王彦章》云："乱世鸟飞难择木，男儿豹死自留皮。"《哭刘耕南》云："别来书到长安少，死去才教天下空。"《淮上》云："只愁天上桃花水，浸失淮南桂树山。"《钓台》云："可怜高鸟尽，回忆钓鱼矶。"皆绝妙也。己巳岁，余《中秋夜渡江》云："世上夜深秋正半，江心风定月当中。"亦与先生《岳阳》三四联相似。先生从父南青讳范，在长安与余有车笠之好，学问淹博，而不喜吟诗。余改官江南，送行诗麻集，而南青无有也。余调之云："南青爱人如老妪，初入翰林殊栩栩。平时著述千万言，临别赠我无一语。"

九

家常语入诗最妙。陈古渔布衣咏《牡丹》云："楼高自有红云护，花好何须绿叶扶。"国初徐贯时《寄妾》云："善保玉容休怨别，可怜无益又伤身。"

一〇

杜紫纶先生选《唐人叩弹集》，专尚中、晚。学者从兹入手，可免粗硬槎丫之病。而宗法少陵、山谷者，意颇轻之。先生《虎丘雨后》云："六宫花老泪胭脂，点点残红坠晚枝。自是东风无着处，本来西子有归时。锦帆冷落青帘舫，玉管阑珊《白纻》词。双桨绿波留不住，半塘烟柳雨如丝。"先生翰林前辈，与余同试光明殿，恰未一握手。

一一

出入权贵人家，能履朱门如蓬户，则炎凉之意，自无所动于中。宋人咏《松》云："白云功成谢龙去，归来自挂千年松。"汪易堂苍霖咏《菊》云："不蒙春风荣，讵畏秋气肃？"可谓见道之言。汪又有《白桃花》云："褪尽铅华露一丛，轻阴漠漠淡烟笼。渔郎错认仙源路，洞口春深雪未融。"《七夕呈冰玉主人》云："神光叆叇有无中，灵驾云衢一水通。欲乞天孙为补拙，明朝移巧到城东。"皆言外有意。

一二

余尝谓陆放翁、康对山俱一入权门，名为小损。然士大夫宁为权门之草木，勿为权门之鹰犬。何也？草木不过供其赏玩，可以免祸，恰无害于人；为其鹰犬，则有害于人，而己亦终难免祸。东坡《咏马季长》云："不碍依梁冀，何须害李公！"虽是落第二层身份而言之，亦可悲也。

补遗卷二

一

谢康乐诗："千岩盛阻积，万壑势萦回。"李白诗："千岩泉洒落，万壑树萦回。"二句不但袭其意，兼袭其词。以太白之才，岂肯蹈袭前人？因其生平最喜谢诗，故不觉习而不察。杜少陵平生最爱庾子山，故诗亦往往袭其调，如"风尘三尺剑，社稷一戎衣"之类，不一而足。

二

余每出门，或远行数千里之外，撒手便行，无系恋之意。及在客边住久，到归家时，宾朋相送，反觉难堪。兴化任进士大椿有句云："放船归思减，久客别人难。"

三

吕耜堂客分宜，见《严氏家谱》载：世蕃有兄，名世蓝者，家居不仕，睦邻敦族，后不罹于祸。今之子孙，皆其苗裔也。梁孝廉过而吊之云："兄岂难为非竞爽，子能不肖始称贤。"

四

考据之学，本朝最盛。然能兼词章者，西河、竹坨二人之外无余子也。近日处素、谏庵两昆弟，颇能兼之。处素将至长沙，遇顺风，云："江天如拭晚成晴，帆饱舟轻浪不惊。斜日风回草背落，残霞犹映树边明。饭丸乌接神应助，沙觜风回草有声。频向篙工问前路，烟中指点武安城。"其他，五言如："怪松连石长，归鸟杂云飞。"星低疑在岸，月近总随船。"谈淡虫语续，人静鼠声来。""浪花入船窗，添我砚池水。"七言如："星光堕水白于月，树色粘云暗似山。"荒寺鸣钟惊鹭起，孤村唤渡少人应。"皆妙。

五

纪晓岚先生，在乌鲁木齐数年，辛卯赐环东归。畜一黑犬，名曰“四儿”，恋恋随行，挥之不去，竟同至京师。途中守行箧甚严，非主人至前，虽僮仆不能取一物。一日，过七达坂，车四辆，半在岭北，半在岭南，日已曛黑，不能全度。犬乃独卧岭巅，左右望而护视之。先生为赋诗曰：“归路无烦汝寄书，风餐露宿且随予。夜深奴子酣眠后，为守东行数辆车。”“空山日日忍饥行，冰雪崎岖百廿程。我已无官何所恋，可怜汝亦太痴生！”后被人毒死，先生为冢祀之，题曰“义犬四儿之墓”。

六

有人以某巨公之诗，求选入《诗话》。余览之倦而思卧，因告之曰：“诗甚清老，颇有工夫；然而非之无可非也，刺之无可刺也，选之无可选也，摘之无可摘也。孙兴公笑曹光禄‘辅佐文如白地明光锦，裁为负版袴；非无文采，绝少剪裁’是也。”或曰：“其题皆庄语故耳。”余曰：“不然。笔性灵，则写忠孝节义，俱有生气；笔性笨，虽咏闺房儿女，亦少风情。”

七

偶过僧寺，见山水一幅，上题云：“鸳鸯湖上惜无山，烟雨楼头独倚栏。两眼放开无着处，不如自己画来看。”其人姓陈，名情，不知何许人也。

八

长洲女孟文辉，适震泽秀才王慕澜，诗思清妙。今录其《秋日》云：“远树蝉声秋意浓，卷帘拂拂度金风。绣余无事消长夜，独数秋花深浅红。”《秋夜》云：“秋夜月明风细，淡淡碧云天际。此时无限愁心，那更莎虫鸣砌！”北榻羲皇梦醒，南山雨过云停。一派洞庭秋色，满窗月透疏棂。”俱妙。

补遗卷三

一

赵秋谷有《海沤小谱》，半载天津妓名。《赠仙姬》八首最佳，摘其尤者，云："晚凉新点曲尘纱，半月微明绛缕霞。不忘当筵强索饮，春腮初放小桃花。"新蝉嘒嘒送斜阳，小蝶翩翩过短墙。记得临行还却坐，满头花映读书床。"

二

乾隆辛未，余送黄文襄公至浦口，见随行一员，疑为把总；与之谈，方知戊午同年，姓福，名安，字仁山。品端而性爽，遂成莫逆。累官至赣南道。率其幼子来随园作别，余止而觞之，嗣后不通消息矣。庚戌春间，余扫墓杭州，归见几上有诗扇一柄，云是祭陵钦差图大人留赠。初不知为谁，阅札，方知即当年福公之子图敏，字时泉，官礼部侍郎。事隔四十余年，尚能念旧。欲修书作谢，而公竟卒于路，为凄然者久之。扇上诗云："忆昔儿时此地过，卌年重到鬓双皤。先生归日应惊笑，来唱《皇华》即是他。"

三

诗家百体，严沧浪《诗话》，胪列最详，谓东坡、山谷诗，如子路见夫子，终有行行之气。此语解颐。即我规蒋心余能刚而不能柔之说也。然李、杜、韩、苏四大家，惟李、杜刚柔参半，韩、苏纯刚，白香山则纯乎柔矣。

四

陈去非云："扬子云好奇，惟其好奇，所以不能奇。"陆放翁云："后人不知杜诗所以妙处，但以有出处为工，其去杜也愈远。"余爱二人之言，故摘录之。

五

东坡诗云："惆怅东阑一枝雪，人生能得几清明？"此偷杜牧之“砌下梨花一堆雪，明年谁倚此阑干”句也。然风调自别。有人说欧公好偷韩文者，刘贡父笑曰：“永叔虽偷，恰不伤事主。”亦妙语也。

六

余刻《诗话》、《尺牍》二种，被人翻板，以一时风行，卖者得价故也。近闻又有翻刻《随园全集》者。刘霞裳在九江寄怀云：“年来诗价春潮长，一日春深一日高。”余戏答云：“左思悔作《三都赋》，枉是便宜卖纸人。”

七

闻芷方伯精研《易》理，不屑为词章之学；然偶尔挥毫，皆超隽不凡。有《雁字》二十首，为尹文端公所赏。录三首，云：“绿章可待乞天公，笺奏遥传碧落中。不断数行如曳白，有何羁怨惯书空？斜阳闪背金泥灿，霁雪梳翎玉箸工。最是关山飞欲倦，数行小草最匆匆。”“来凭月敕去风支，纪录春秋特笔垂。鸳阙联班曾视草，龙湫绝顶好临池。挥成欲献《凌云赋》，过去难摹没字碑。最后失群余片影，西风吹散碎金词。”点染天池付雁王，只今真种更飘扬。将斜复整回波秀，渐远如无削牍忙。体变八分犹鸟迹，天开一画本鸿荒。银河秋老稀乌鹊，锦字重劳讯报章。”

八

支公云：“北人学问，如显处观月。”言其博而寡要，今之考据家也。“南人学问，如牖中窥日，约而能明。”今之著作家也。《世说》称；“王平北相对使人不厌，去后亦不见思。”我道是梅圣俞诗。“王夷甫太鲜明。”我道是东坡诗。“张茂先我所不解。”我道是鲁直诗。

九

宋太祖曰：“李煜好个翰林学士，可惜无才作人主耳！”秀才郭麐《南唐杂咏》云：“我思昧昧最神伤，予季归来更断肠。作个才人真绝代，可怜薄命作君王！”

一〇

金陵小市，买得水精方印，从横二寸七分，上镌十六字云："好学忘老，存心对天；行乐一世，传名千年。"印质不甚莹彻，而阳文篆书甚苍劲，语句亦可爱。

一一

洞庭山人徐坚，字友竹，工丹青篆刻，兼能诗，与余交三十余年矣。今春相遇姑苏，以《纫园诗》见示。《红桥暮泛》云："春风一棹渚烟开，雨洗平皋净碧苔。薄暝花光辞松竹，夕阳人影散楼台。邻船歌吹移灯去，野店鱼虾入馔来。转眼寒梅便零落，共拼酩酊莫催回。"《东行》云："驱人名利路何穷，叹息劳劳来往同。取次相逢不相识，鞭丝帽影各匆匆。"《抵家》云："换得轻舠越浒关，此身真个到家山。家山毕竟风光好，久住人偏看等闲。"其他佳句，如："秋风不顾征衣薄，夜雨还同别泪多。""此际柴门深夜火，几人团坐望归人。"

补遗卷四

一

余不信孔子删《诗》之说，而又不料茅鹿门之选八大家，至今奉为定例也。尝有句云："诗亡原只存三百，文古何曾止八家？"

二

人常言：某才高，可惜太狂。余道：非也。从古高才，有过颜子与孔明者乎？然而颜子则有若无，实若虚矣。孔明则勤求启诲，孜孜不倦矣。曾赠德厚庵云："不数袁羊与范汪，更从何处放真长？骥虽力好终须德，人果才高断不狂。"又有人言：某天分高，可惜不读书；某精明，可惜太刻。余又道：非也。天分果高，必知书中滋味，自然笃嗜。精明者，知其事之彻始彻终，当可而止，必不过于搜求；搜求太苦，必致自累其身。故尝云："不读书，便是低天分；行刻薄，真乃大糊涂。"

三

士各有志：邴原与郑康成同里，而不肯师康成。人尤之，原曰："人有登山而采玉者，有入海而求珠者，各宝其宝，不必同也。"余故有诗云："丁少微，陈希夷，两个神仙有是非。苏子瞻，程伊川，两贤胸中各不然。可惜不见尼山老，狂狷中行尽和好。"

四

杭州多闺秀，有张夫人者美而贤。郎主喜狎邪，张不能禁，而虑其染恶疾也，规以诗云："此去湖山汗漫游，红桥白社更青楼。攀花折柳寻常事，只管风流莫下流。"

五

人有訾余《诗话》收取太滥者。余告之曰："余尝受教于方正学先生矣。尝见先生手书《赠俞子严溪喻》一篇云：'学者之病，最忌自高与自狭。自高者，如峭壁巍然，时雨过之，须臾溜散，不能分润。自狭者，如瓮盎受水，容担容斗，过其量则溢矣。善学者，其如海乎？旱九年而不枯，受八州水而不满：无他，善为之下而已矣。”书法《争坐位》，笔力苍坚。余道：“先生精忠贯日，身骑箕尾，何妨高以自待，狭以拒人哉？然而以此二字，谆谆示戒；则其平日之虚怀乐善可知。余与先生，无能为役；然自少至老，恰恶此二字，竟与先生有暗合者。然则《诗话》之作，集思广益，显微阐幽，宁滥毋遗：不亦可乎？”

六

近学郊、岛诗者最少；独葑亭给谏，于无意中往往似之。《秋虫》云：“直使孤灯死，常催白发生。”又：“瘦篁腰刻字，古树腹藏人。”风多萤贴树，月出鹭巡堤。”皆孟、贾集中佳句。《在闸河水浅》云：“不劳画地还成狱，且喜窥天尚有窗。”何其苦也！《及渡江得顺风》云：“大江东去月西走，独客南归风北来。”又何其乐也！诗人善体物情，往往如是。

七

余性通脱，遇繁礼饰貌之人，辄以为苦。尝咏《桐花》云：“桐花恰也清香甚，琐碎无人肯耐看。”’

八

余老矣，最喜人说少年旧事。何兰庭句云：“回思慈母悲今日，最爱山僧说幼时。”为之击节。何又有《江楼看雨》云：“狂风骤雨逼萧晨，万里烟波失远津。稳坐西窗凭几望，几多浪里着忙人？”诗外有诗，深得风人之旨。《游理安寺》云：“不信客从山外入，恰疑僧在树头归。”亦真境也。兰庭幼时，其父西舫许我为婿，后以路遥不果，惜哉！

九

熊澹仙女子，不止能诗，词赋俱佳；以所天非解事者，故咏《萤火》云：“水面光初乱，风前影更轻。背灯兼背月，原不向人明。”作《广怨赋》云：“文采遭伤，久矣人皆欲杀，蛾眉致妒，何能我见犹怜？”《闻笛赋》云：“三更不寐，遥知思妇情深；十指俱寒，想见高楼独倚。”

一〇

王葑亭《夜行》云：“残星鸡口落，初日马头高。”郑德基《夜行》云：“蝶梦来驴背，鸡声隔陇头。”

一一

从来闺秀及方外诗之佳者，最易流传。余编《随园诗话》，闺秀多而方外少，心颇缺然。方坳塘观察过访山中，谈及禅僧智朗，号渔陆，上元人，性至孝，母殁出家，住持理安。《归省母墓》云：“风木惊心二十年，偷生只为学金仙。谁知杖锡归来日，荒草丛中化纸钱。”“蓬鬓荆钗苎布裙，夕阳影里泪纷纷。趋前欲讯重泉恨，吹过西风一片云。”《改葬》云：“别后匆匆掩一棺，多年浅土忍重看？故衣断线痕犹在，静树摇风骨已寒。西崦可怜通夜梦，南陔空说洁晨餐。慈恩欲报终难报，徒向平原意少安。”又，泰州光寺僧西林有句云：“黄花野径僧归寺，红树村庄人倚楼。”亦有画意。

一二

余今岁约女弟子骆绮兰，同游西湖。余须看过梅花方出行，而绮兰约女伴先往；及余到湖楼，则已先一日归矣。见壁上题诗，咏《秋灯》云：“独坐影为伴，闲窗对短檠。照人虽冷淡，观我自分明。焰小知风急，光寒避月盈。欲挑还住手，无语听残更。”《秋扇》云：“暑消新雨后，人困晚凉天。”余爱其清妙，即手录以归。

一三

方藕堂维翰，与程鱼门因诗文交好，遂结婚姻。后藕堂补官杭州，年四十无子。其夫人为置一妾，而藕堂于役吴兴，竟未知也。归后惊喜，赋诗谢内云：“中年华发渐成丝，羞对红妆入绣帷。冀我免为今伯道，知君曾读古《螽斯》。刚逢灯月交辉夜，乍见衾裯与抱时。良愿早符燕姞梦，春兰花发正盈握。”又，《芍药》云：“丰台十里春如梦，风软沙平感旧游。悔自南来消息断，一年春尽一回头。”

一四

近日闺秀能诗者，往往嫁无佳偶，有天壤王郎之叹。惟吾乡吴小谷明府之女柔之，适狄小同居士；绍兴潘石舟刺史之女素心，适汪润之解元：皆彼此唱和，如笙磬之调。小同幕游在外，吴寄云：“伊人踪迹又天涯，小别无端感岁华。千里迢遥此寒夜，一般清瘦共梅花。孤桐入爨声难辨，美玉求沽愿久赊。不为封侯缘底事，纪游诗卷向谁夸？”小同答之，有“几行新句机中锦，一瓣幽香雪后花”之句。潘《寄外》云：“瘦影新痕杨柳枝，杏花十里送春时。须知吟咏无闲笔，那向妆台更画眉。”《哭姊》云：“彩笔长辞咏絮人，砚池妆阁久生尘。瑶阶明月空如水，更有何人立满身？”俱一时传诵。

一五

诗写雏姬情态易，写雏伶情态难。吴玉松进士客河南学使幕，《席上赠顾伶》云：“舞队《大垂手》，歌曹小比肩。问年羞不语，笑指十三弦。”吴苑折垂杨，驱车向大梁。恐伤孤客意，只道不思乡。”读之，觉是儿可爱。

一六

“白水遥连郭，青山直到门。”畏垒山人诗也。“野水白连郭；乱山青到门。”王子乘诗也。二诗各臻其妙。然观杨诚斋“江欲浮天去，山疑渡水来”，则又瞠乎后矣！

一七

方明府于礼从京师来，说高丽国史臣朴齐家以重价购《小仓山房集》及刘霞裳诗，竟不可得，怏怏而去。亡何，金畹香秀才来，又说此事，与前年方公维翰所云相同；但使者姓名不同耳。余按：史称新罗国请冯定撰《黑水碑》，吐谷浑有《温子升文集》。外夷慕化，往往有之；况高丽原有箕子之余风乎？霞裳闻之喜，赋诗曰：“刘邠何幸侍欧公？姓氏居然海外通。蝉附高枝声易远，莺初调舌语难工。毛苌诗自传门下，阚泽名疑在月中。多谢蛮姬能识曲，弓衣绣胜碧纱笼。”

补遗卷五

一

前朝山阴祁忠悯公彪佳，少年美姿容，夫人亦有国色，一时称为“金童玉女”。后殉国难，赴池而死。余游寓山，为公读书之地，遗像犹存。园中竹上或题诗云：“孤忠愿逐水波清，闻说降幡竖石城。龙种已潜宁惜死，豸冠端坐俨如生。一拳石耸含云气，四负堂开照月明。今日丰碑傍古岸，苔斑犹似旧纵横。”末书“岳峰”二字，不知何人所作。旁又有无名氏在竹上刻三字，云：“此人通。”

二

陈明经捷，字露书，文简公高弟也。《五溪》云：“几家帘影人沽月，一路铃声马踏冰。”颇能得其师承。

三

姜西溟老而未遇，揆叙《送行》云：“青衫难作还乡客，白发偏欺下第人。”姚启圣尚书《述怀》云：“千里波涛孤枕上，万家饥溺梦魂中。”一悲一壮。

四

诗有天籁最妙。尹似村《偶成》云：“娇儿呼阿爷，树上捉蝴蝶。老眼看分明，霜粘一黄叶。”陈竹士《山中口占》云：“酌酒松树阴，醉卧云深处。人闲云不闲，松边自来去。”

五

自余作《诗话》，而四方以诗来求入者，如云而至。殊不知诗话，非选诗也。选则诗之佳者，选之而已，诗话必先有话，而后有诗。以诗来者千人万人，而加话者，惟我一人。搜索枯肠，不太苦耶？松江太守李宁圃先生寄三友人诗来，余以此言复之。而过后撷看，见其佳者，又不能自已。录张风扬翔《夜泊》云：“榜歌声起欲黄昏，初月微茫漏白痕。小泊夜深灯火暗，一丛林影数家村。”《过商州》云：“重关已过数峰西，绕尽羊肠踏尽梯。满耳水声千涧曲，四围山色一城低。”李振声东皋《早发》云：“宵征鸡未唱，梦醒客犹慵。残月留高树，深山隐曙钟。烟团鸦背重，雪衬马蹄松。渐觉晨光动，邮亭过几重。”《舟中》云：“暮烟入城郭，灯火作依稀。远水衔天尽，孤云抱月飞。簟凉知露重，酒醒觉风微。坐待东方白，轻桡破浪归。”

六

女弟子金纤纤《病起》诗云：“碧梧移影上林扉，西院无人晓日微。病起名香闻不得，花间小立当熏衣。”

七

胡小霞者，会稽女子，名云英，嫁赵连城。夫妇能诗。《诫婢》云：“宝鸭篆烟消，呼奴理茶具。泥饮人未归，阵阵纱窗雨。”二十字中，深情无限。殁后，赵郎仿元相《杂忆》诗云：“孤灯破壁照黄昏，白雨潇潇扰梦魂。忆得夜深同倚槛，花梢一拈尚留痕。”

八

余少时游吴山，见道士才八九岁，踞案上，与五六十翁下棋，辄胜。心怪而问之。或曰：“此天生次国手也。”姓钱，名选，字仲举。此后，余官京师，与道士别六十余年矣。今年游吴山，道士亦白发苍苍，出诗见示。《寄张处士》云：“闻说先生负郭居，小桥曲巷路何如？稻花蟹大客常满，竹叶酒香诗有余。九月山中秋水落，三年海上雁声疏。知君自是神仙裔，何日来看玉局书？”有陈道士名真濂者，来访之，赠句云：“花影不愁双履破，江光都被一窗收。”《咏棋》云：“始交犹两立，既接不俱生。”余谓此二道人俱善弈，又工诗，亦奇。

九

西泠诗会，有女弟子某，国色也。香岩必欲见之，着家奴衣，随余轿步往。值其病，废然而返。后信来，招我谈诗，香岩喜，仍易服跟轿，冒大雨走五里许，值其家座上有识香岩者，香岩望见大惊奔还，衣服尽湿，身陷坎宫。乃赋诗自嘲云：“听说凌波有洛神，思量觌面唤真真。谁知两次成虚往，始信三王少夙因。红粉得知应笑我，青衣着尽不如人。襄王那有阳台梦，空惹巫山雨一身。”

一〇

“恩怨”二字，圣人不讳。故曰：“以直报怨，以德报德。”是怨未尝不报也。汉盖勋怨苏正和，后苏受诬，勋救之，苏因此来谢。勋拒不见，曰：“我为国家，非为君也。”怨之如故。使正和有当杀之罪，勋必杀之。不然，如苏模棱刘仁轨，匿怨沽名，岂正人哉！偶读奇丽川方伯题卢湘艖《美人宝剑图》一绝，不觉心花怒开。诗云：“美人如玉剑如虹，平等相看理亦同。笔上眉痕刀上血，用来不错是英雄。”

补遗卷六

一

对联之佳者：或题禅堂云："无法向人说，将心替汝安。"佛座云："大护法不见僧过，善知识能调物情。"题春册云："一阴一阳之谓道，此时此际难为情。"题戏台云："做戏何如看戏乐；下场更比上场难。"题书斋云："无求便是安心法；不饱真为却病方。"或见赠云："天上何曾有山水；人间乐得做神仙。"

二

刘知几云："有才无学，如巧匠无木，不能运斤；有学无才，如愚贾操金，不能屯货。"余以为诗文之作意用笔，如美人之发肤巧笑，先天也，诗文之征文用典，如美人之衣裳首饰，后天也。至于腔调涂泽，则又是美人之裹足穿耳，其功更后矣！

三

咏折花者，潘兰如云："风枝露蕊夜初开，金剪商量密处裁。为赠美人才折汝，也应笑入手中来。"扬州汪坤云："手折花枝翠黛颦，殷勤欲寄远征人。明知到日应憔悴，即此梅花见妾身。"

四

画家有读画之说。余谓画无可读者，读其诗也。偶过书铺，悬杨椒山诗一幅，云："饮酒看书四十年，乌纱头上即青天。男儿欲画凌烟阁，第一功名不爱钱。"又见薄仲文竹笔筒上雕一诗云："山外清江江外沙，白云深处有人家。船头不是仙源近，那得飞来数片花？"又，笪江上题画云："云归忽带雨几点，木落又添山一峰。"

五

人问："诗要耐想。如何而耐人想？"余应之曰："'八尺匡床方锦褥，已凉天气未寒时。”狎客沦亡丽华死，他年江令独来时。’‘烛花渐暗人初睡，金鸭无烟恰有香。’梦里不知凉是雨，醒来微湿在荷花。‘僧馆月明花一树，酒楼人散雨千丝。’五言如：‘夜凉知有雨，庵静若无僧。’‘问寒僧接杖，辨语犬衔衣。’皆耐想也。”

六

诗如射也，一题到手，如射之有鹄，能者一箭中，不能者千百箭不能中。能之精者，正中其心，次者中其心之半；再其次者，与鹄相离不远；其下焉者，则旁穿杂出，而无可捉摸焉。其中不中，不离“天分学力”四字。孟子曰：“其至尔力，其中非尔力。”至是学力，中是天分。

七

康节先生有三不出之戒，谓风不出，雨不出，大寒暑不出也。余七十后，惟暑不出。过中秋裁出，此定例也。今年八月八日，太守松云李公新修莫愁湖成，招余往饮，且云：“能为莫愁破例否？”余答云：“老僧入定，闻钗钏声便要破戒；况莫愁乎？”即往赴之。适王顾亭太守见访，不值，追至湖上，口号以赠云：“似镜湖光一叶横，白头遥认是先生。卢家尚具神通力，竟把闲云引出城。”

八

余不信风水之说。人言：“黄巢、李闯，俱因毁墓而败，非风水之验否？”余道：“此等逆贼，虽不毁其坟，亦必败也。”因口号一诗，以晓世人云：“寄语形家莫浪骄，《葬经》一部可全烧。汾阳祖墓朝恩掘，依旧荣华历四朝。”

九

咏桃源诗，古来最多，意义俱被说过；作者往往有叠床架屋之病，最难出色。朱涧东来诵黄岱洲其仁《过桃源》一绝云：“桃源盘曲小山河，一洞深深锁薜萝。行过溪桥云密处，但闻花外有渔歌。”淡而有味。《沧浪诗话》所谓作诗不贵用力，而贵有神韵：即此是也。

补遗卷七

一

句曲女史，孔静亭退庵太仆之幼女，王孔翔公子之室也。敷腴窈窕，有大家风。辛亥春，随其姑潘夫人来园看花，家人交口誉之。性尤爱静，工诗。记其《寄外》云："一别看看数月期，孤灯独坐泪如丝。多情最是天边月，两地离愁总得知。"欲写相思寄锦笺，徘徊无语倚窗前。劝君莫失芙蓉约，辜负香衾独自眠。"皆性灵独出。今年六月，忽咏《残荷》云："丰姿昨夜尚堪夸，开落无端恨转加。早识今番摧太急，不如前日不开花。"孔翔讶为不祥。七月间，竟以产难亡。古人所云诗谶，其信然耶？孔翔哭以诗云："怕见秋尘点镜台，深闺依旧绮窗开。有时忘却人长往，疑是归宁尚未回。"

二

《荀子》云："善为《易》者不占，善为诗者不说。"唐贤相杨绾能诗，终身不以示人，即此意也。杭州太守李晓园先生，政声卓越，而于文翰之事，谦让不遑。偶见方藕堂明府处对联，瘦挺可爱，而不署姓名。其友姚秋槎诵其《咏裙带鱼》云："潇湘六幅已成尘，尺练谁教弃水滨？试较瘦肥量带孔，蛟宫应有细腰人。"

三

文以情生，未有无情而有文者。韵因诗押，未有无诗而先有韵者。余雅不喜人以一题排挨上下平作三十首，敷衍凑拍，满纸浮词，古名家断无此种。至于上用"秋"字，下用"花"字，如秋月秋云、桃花桂花之类，连绵数十首，是作类书《群芳谱》，非咏诗也。

四

余少时自负能古文，而苦无题目；娶箧室多不惬意。故集中有句云：“论文颇似升平将，娶妾常如下第人。”不料晚年，四方索文者如麻，不胜其苦。故又有句云：“征铭索序兼题跋，忙杀人间冷应酬。”

五

刘霞裳梦中得一联云：“星摇似醉愁他堕，手举难扶笑我低。”醒后续二句云：“安得仙云生袖底，御风飞到斗、牛西？”我以为醒语终不如梦语。

六

人仗气运，运去则人鬼皆欺之。每见草树亦然；其枝叶畅茂者，蛛不敢结网，衰弱者，则尘丝灰积。偶读皮日休诗：“水痕侵病竹，蛛网上衰花。”方知古人作诗，无处不搜到也。

七

《学记》曰：“不学博依，不能安诗。”“博依”注作“譬喻”解。此诗之所以重比兴也。韦正已曰：“歌不曼其声则少情，舞不长其袖则少态。”此诗之所以贵情韵也。古人东坡、山谷，俱少情韵。今藏园，瓯北两才子诗，斗险争新，余望而却步，惟于“情韵”二字，尚少弦外之音。能之者，其钱竹初乎？惜近日学仙，不肯费心矣。

八

君子不以人废言。严嵩《钤山堂集》颇有可观，如：“卷幔忽惊山雾入，近村长听水禽啼。”“沙上柳松烟霁色，水边楼阁雁归声。”皆可爱也。又，阮大铖有句云：“露凉集虫语，风善定萤情。”后五字颇耐想。

九

海刚峰严厉孤介，而诗却清和。尝见鹫峰寺壁上有《赠竹园隐者》云：“寂寂江村路，何烦命驾过。羊求忘地远，松竹到门多。野外常无酒，田间别有歌。洗杯深酌处，落日在沧波。”末书“海瑞”二字，笔力苍秀。

一〇

红兰主人有句云："西岭生云将作雨，东风无力不飞花。"其仆和福有句云："一双白鸟东飞急，知是西山暮雨来。"

一一

钱塘项墉金门在吾乡大开坛坫，一时风雅之士，归之如云。余到杭州，必主其家。读其《谢胡葑塘招游湖上》云："闲于翘足鹭，乐似聚头鱼。"《落叶》四句云："客径夜随寒雨堕，僧窗晴带白云飘。绕坡屑窣过群鹿，隔水萧疏抱一蜩。"不愧老手。

补遗卷八

一

鳌沧来刺史，从太仓寄近作见示。《菜花》云："绕村种菜春环屋，铺地黄金人住家。若论生材求济世，万花都合让斯花。"《偶成》云："薄宦频年鬓欲斑，平生心在水云间。天怜衰吏无他乐，许看东南一带山。"想见襟怀，不愧名臣之后。

二

江宁李大绅，号榕庄。《护兰》诗云："似离故土非其性，才到人家便作难。"移置几番遭仆恚，爱怜真当养儿看。"二联殊有风趣。

三

金陵水月庵有僧镜澄，颇能诗。闭户焚修，名场竟不知有此人，殊可敬也。《惜桐》云："独树作僧伴，摧枯伤我情。从今茅屋下，无处听秋声。"《落叶》云："落叶寒生径，冬蔬秀满畦。要将茅舍补，试看稻堆齐。窗破宜糊纸，墙穿合补泥。春风待来岁，也有燕双栖。"

四

尝读刘长卿《重过曲江》诗云："何事最伤心？少年曾得意。"盖唐时进士登科，多同游曲江之故。余甲辰到广西，蒙抚军吴树堂先生饮余于八桂堂，是五十年前金震方中丞拜表荐余处。追忆少时恩知，为之凄绝，一坐竟不忍起。口号一律云："森森八桂翠参天，此处曾经谒大贤。知己平生人第一，白头重到路三千。荐章海内犹存稿，往事风中已化烟。梦自难寻肠自转，几回欲起又留连。"当年留别中丞七排十二韵，仅记一联云："万里阙前修荐表，百官座上叹文章。"

五

余过马嵬，前后题诗八首，自谓发挥尽矣。近见祝芷塘给谏题云：“元之政事广平参，谁蛊君心逸欲耽？若使开元初载人，也同钟鼓乐《周南》。”不作河东妒女津，九原粉黛有余春。美人自恨西方少，身死犹教美别人。”第一首犹是拙集“但使姚崇还作相，君王妃子共长生”之意。第二首专指土人取冢土敷面，可去瘢痕之说。可谓斩新日月。

六

纤纤亡后，竹士《过妇家有感》云：“愁听花铃语绣帏，封题如故笑言违。伤心小女无知识，绕膝询姑何日归。”“新秋已报海棠开，可奈尘生旧镜台。莫怪见花拼一恸，去年曾折一枝来。”“旅窗虫语警秋心，小病奄奄奈夜深。记汝当年珍惜意，露凉不敢立花阴。”《题纤纤小照》云：“绣幙茶烟碧散丝，分明桐院比肩时。千呼不下卿何忍，一一如生我尚疑。絮语曲栏邀月证，寻诗深夜怯花知。可怜病后伶俜甚，莫怪珊珊玉步迟。”又句云：“仙原暂谪留难住，事太伤心泪转无。”

七

赵子梁《咏白牡丹》云：“断无富贵能安素，莫笑花枝爱着绯。”陈秋史爕《白雁》云：“平沙夜月空留影，远水芦花何处滩？”

八

余雅不喜元遗山论诗，引退之《山石》句，笑秦淮海“芍药蔷薇”一联为女郎诗。是何异引周公之“穆穆文王”，而斥后妃之“采采卷耳”也。前于《诗话》中已深非之。近见毛西河与友札云：“曾游泰山，见奇峰怪崿，拔地倚天；然山涧中杜鹃红艳，春兰幽香，未尝无倡条冶叶，动人春思。此泰山之所以为大也。大家之诗，何以异此？”其言有与吾意相合者，故录之。

九

采诗如散赈也，宁滥毋遗。然其诗未刻稿者，宁失之滥。已刻稿者，不妨于遗。

一〇

平江卜蕙阶日亨《闲居》诗云："翛翛松竹绝尘喧，小筑青山郭外村。无数落花浮水面，尽随鸥鸟到柴门。"《偶成》云："一窝青箬买茶回，忙煮清泉试几杯。推户恐惊啼鸟去，卷帘喜见落花来。邻翁只护穿篱笋，稚子争偷拂槛梅。诗债为愁多负却，海棠开到牡丹开。"二诗不减放翁。

一一

郑鱼门志钥先生督学江南，清廉爱士，所识拔皆一时名流，沈文悫公亦出门下。偶到金陵，游莫愁湖，有句云："我来湖上愁难了，不信当年有莫愁。"已而落职。行至西湖，《别诸门生》云："此后相逢明月夜，定知相忆在西湖。"亡何，竟归道山，停柩湖上。人皆以为诗谶。

一二

王元章《西湖》诗云："湖边欲买三间屋，问遍人家不要诗。"近有以诗干人而索值者，余戏书此以示之。

一三

诗有通首平正，无可指摘，而绝不招人爱。晋人称王安北相对不厌，去后人亦不思是也。唐霍王元轨有贤名。或问人："霍王何长？"其人曰："无长。"问者愕然。乃答曰："人必有所短也，而后见所长。霍王无所短，又何所见其长？"二事皆可参悟。

一四

华公子岑松，秋槎明府之子也。《西湖杂诗》云："人穿柳絮如冲雪，船傍梨花半入云。花压玉楼春至早，月留金管夜归迟。"

一五

吴门樊绍堂善隶书，能画，工篆刻，年三十而亡。诗稿散失，仅记其《别随园》一绝云：“西向仓山谒我师，离魂渺渺有谁知？真空悟彻三千界，待索灵根再学诗。”

一六

学然后知不足。张月楼《自忏》云：“自家谩诩便便腹，开卷方知未读书。最羡两堤杨柳树，看他越老越心虚。”

一七

湖南龙阳女史赵玉畦《湖上泛舟》云：“鱼鳞江上碧烟开，月影萧萧度树来。一片渔歌何处起？芦花深处小船回。”

一八

近体诗有前用“花”字，后用“葩”字者，皆名手所无也。初学人不可不知。凡他用韵字义之犯重者，皆可类推。

一九

有人好自赞其诗者，人以为嫌。袁陶村云：“勿怪也。彼自己不赞，尚有何人肯赞耶？”又有人常露官气者，人以为嫌。陶村云：“勿怪也。彼除官外，一身尚有何物耶？”其言颇隽，故录之。

二〇

今人受业于师者，不过学干禄之文，为科第起见。故科第既得，而得鱼忘筌者，往往有之。其他势利之交，更无论矣。独吾门下有两君子焉：一韩廷秀，字绍真，金陵人；一吴贻咏，字种芝，桐城人。二人者，与余相识已久，无师弟称。韩中庚戌进士，吴入癸丑翰林后，都来执贽称师。其胸襟迥不凡矣。余按西汉惟于曼倩宫廷尉后，才北面迎师，学《春秋》。二贤可谓有古人风。韩《题刘霞裳两粤游草》云：“随园弟子半天下，提笔人人讲性情。读到君诗忽惊绝，每逢佳处见先生。经年共领江山趣，一点真传法乳清。努力更成三百首，《小仓集》定不单行。”余道此诗，亦随园派。所云“三百首”者，因余许其合《毛诗》之数，为代刻也。韩为人温恭博学，宰广西马平县，七日而亡。惜哉！吴现馆礼亲王家。平日诗稿，尚未寄来。

补遗卷九

一

黄蛟门《重到张香岩家》云："不到华堂廿载余，重来还认旧楼居。墙间半渍儿时墨，架上犹存校过书。满院枇杷阴不改，侵阶萱草茂于初。木公金母多情甚，音问频频说久疏。"此诗情文双至，家亦近随园。

二

和余《八十自寿》诗者多矣，余最爱程望川宗落押"愁"字韵云："百事早为他日计，一生常看别人愁。"和"朝"字韵云："八千里外常扶杖，五十年来不上朝。"将"杖朝"二字拆开一用，便成妙谛。

三

溧阳王云谷，与余同寓苏州铜局，代主人杨仁山款待甚殷；诵其《咏秋月》云："八月西风夜气寒，桂花香冷露初漙。中庭地白三更后，独鹤与人相对看。"可谓清绝，不食人间烟火。

四

曹星湖龙树，江西孝廉，宰如皋，政尚宽和，邑多瑞应。乾隆癸丑春，有白乌集署，星湖诗云："曙色遥分小院东，才栖画戟又帘栊。哺成巢子头先白，衔尽桃花口未红。可到瑶池曾浴羽？还疑雏鹤学迎风。生成一种幽闲性，莫怪丰标太不同。"未几，邑中麦有一茎二穗至八穗及连理者，又赋诗云："四野农歌作美谈，荐随春韭赛随蚕。孪生也与人同孕，并种浑如玉出蓝。镰趁日中阴琐碎，耞喧树外亩东南。何当写入丹青里，共庆民间帝泽覃？"一时绅士和者千余首。

星湖又有《崇川夜舟》云："西风吹送一帆斜，树杪危蹲几个鸦。两岸沙滩明似昼，又添霜月与芦花。"《游栖霞》云：

"晴日树中疑雨至，隔江风里有云来。"真乃天机清妙。

五

余在观音门阻风，偕小秋访林铁箫，晚与诸诗人小集六松山庄。栖碧僧有句云："树密聚啼鸟，庵荒住懒僧。""天上若无难走路，世间那个不成仙？""有情山鸟啼深树，无事闲僧扫落花。"董容庵有句云："麈尾尽听前辈语，春风先上酒人颜。"刘寿轩有句云："蓬门久盼高轩过，蜡屐偏偕好雨来。"栖碧僧梦人出对句云："月出波微动。"僧答曰："风生树渐鸣。"

六

京江左兰城尝云："凡作诗文者，宁可如野马，不可如疲驴。凡为士大夫者，宁可在官场有山林气，不可在山林有官场气。"有味哉其言！

七

处州山水清佳，而朴野已甚。余壬寅春游雁宕山，过缙云县，见县官讼堂养猪，为之一笑。伊小尹太守到任后，寄诗来云："弹丸十邑宰官分，四野谁歌挟纩温？山地畸零休论顷，人家三五便成村。清秋露冷猿啼树，黑夜风号虎到门。利用厚生当务急，就中俗吏恐难论。"又："四面青山秋意早，一城红叶市声稀。"皆酷是处州光景。

八

古无别号，所称"五柳先生"、"江湖散人"者，高人逸士，偶然有之；非若今之市侩村童，皆有别号也。作俑自史卫王家纨挎子弟，闲居无俚，创为"云麓十洲"之号，此后，好事者从风而靡。前朝黄东发、本朝姜西溟两先生辨之详矣。近日士大夫凡遇歌场舞席，有所题赠，必讳姓名而书别号，尤可嗤也！伶人陈兰芳求题小照，余书名以赠云："可是当年陈子高？风姿绝胜董娇娆。自将玉貌丹青写，镜里芙蓉色不凋。"叔子何如铜雀妓？古人谐语最分明。老夫自有千秋在，不向花前讳姓名。"

九

以诗受业随园者，方外缁流，青衣红粉，无所不备。人嫌太滥。余笑曰："于不读《尚书大传》乎？东郭子思问子贡曰：'夫子之门，何其杂也？'子贡曰：'医门多疾，大匠之门多曲木，有教无类，其斯之谓欤？'"近又有伶人邱四、计五亦来受业。王梦楼见赠云："佛法门墙真广大，传经直到郑樱桃。"布衣黄允修客死秦中，临危，嘱其家人云："必葬我于随园之侧。"自题一联云："生执一经为弟子；死营孤冢傍先生。"

一〇

山阴王梅卿女子，能诗，精音律。自伊父被议殁后，茕茕无依。余虑名门之女，竟至流落，故认为继女，而教陈竹士秀才聘为继室。合卺后，子固、叔姬双双归宁。梅卿献诗，情词悱恻。并云："俟干阿奶百年之后，愿持三年之服。"余感其天良，为之泪下。诗曰："等闲扶上碧云端，得遂依依膝下欢。风力尽催花絮堕，日光能破雪冰寒。回生法试慈悲大，入骨恩深报答难。愿化衔环双喜鹊，为爷百岁报平安。"梅卿有诗稿百余首，余选其尤佳者，交梓人刊入《闺秀集》中。竹士两娶才女，先纤纤，后梅卿，亦奇！梅卿初名雅三。

一一

诗空谈格调，不主性情，杨诚斋道是"钝根人所为"。近又有每动笔专摹古样者。不知铸钱有范，而人之求之者，买钱不买范也。遗腹子祭墓，备极三牲五鼎，而终不知乃翁之声音笑貌在何所，岂不可笑！

一二

六朝人称诗之多而能工者沈约也；少而能工者谢朓也。余读二人之诗，爱谢而不爱沈。佛书性理，俱叠床架屋，至数十万言，不若《论语》、《大学》数章之有味。记某有句云："闻香知梦醒，见性觉经烦。"

一三

初，相士胡文炳决我六十三而生子，七十六而考终。六十三果生阿迟，心以为神，故临期自作生挽诗索和。不料过期不验，乃又作《告存》诗以解嘲。奇丽川中丞抚苏州，镌白玉印见赠，一曰“仓山叟”，一曰“乾隆壬子第一岁老人”。其见爱甚笃，而落想尤奇。

一四

余四妹嫁扬州汪氏，以娩难亡。妹夫楷亭为梓《绣余吟稿》。丙辰春，见女士程友鹤云著《绿窗遗稿》，有硗岩老人序云：“其诗不在家楷亭室人之下。”余读之怃然。《咏蝴蝶》云：“东风为剪五铢衣，觅叶寻香伴亦稀。未必邻家春独好，如何偏欲过墙飞？”《冬夜》云：“帘垂小阁夜生寒，睡鸭香消漏已残。独有梅花心耐冷，一枝和月上阑干。”断句如：“柳飞三径雪，花落一庭烟。”一湾流水下孤鹜，几点远峰横落霞。”俱佳。

一五

余雅不喜诗坛、吟社之说，大概起于前明末年鸥张门户之恶习。李、杜、韩，苏，坛筑何处？社结何方？惟刘文房有句云：“遥闻诗将会河南。”以诗称“将”，似为坛坫先声。

一六

“貌将花自许，人与影相怜。”又：“欲语先为笑，将归又转身。”此种绮语，非六朝人不能。唐人李建勋《殴妓》诗云：“当时心已悔，彻夜手犹香。”只此十字，胜罗虬之《比红》百首远矣！

一七

余咏宋子京有句云：“人不风流空富贵，两行红烛状元家。”家香亭袭之，赠张船山云：“天因著作生才子，人不风流枉少年。”似青出于蓝。余咏桂林山云：“奇山不入中原界，走入穷边才逞怪。桂林天小青山大，山山都立青天外。”某太史袭之，作《高黎贡山歌》云：“巨灵开荒划世界，奇峰驱出中原外。走入穷边绝徼中，掀天负地逞雄怪。”似青出于蓝而不如蓝。

一八

润笔之说，始于陈皇后以黄金丐相如作《长门赋》。而《北史》所载：高颖笑郑译草上柱国制词曰“笔干”是也。宋汤思退草刘婉仙制词，高宗赐金数万。君之于臣，尚且如此，则刘叉所攫者，何足算哉？王安石制诰，以所得润笔钱制中书省，欲表廉也。后祖无择代其职，尽取为公费。安石大怒，乃文致其罪而窜之。第古人以有韵者谓之文，无韵者谓之笔，见《文心雕龙》。故谢元善为诗，任随工于笔，称“任笔沈诗”。又，刘孝绰“三笔六诗”。皆见《南史》。

一九

骆佩香孀居后，咏《月》云：“不是嫦娥甘独处，有谁领袖广寒宫？”余喜其自命不凡，大为少妇守寡者生色。

补遗卷十

一

六朝诗有足法者。写景则《咏雨》云:“细落疑含雾,斜飞为带风。”《咏月》云:“山明疑有雪,岸白不关沙。”雨住便生热,云晴时作峰。”言情则:“莫嫌春茧薄,犹有万重丝。”若不信侬来,请看霜上迹。摘门不安横,无复相关意。”又:“回黄转绿无定期,世事反复君所知。”人寿百年能几何?后来新妇变为婆。”

二

左思之才,高于潘岳;谢朓之才,爽于灵运。何也?以其超隽能新故也。齐高祖云:“三日不读谢朓诗,便觉口臭。”宜李青莲之一生低首也。

三

或《瘗旅客》云:“半面为君申一恸,不知何处是家乡。”无情之情,转觉深远。

四

近时孙廷扬《送客之楚》云:“落日苍苔正晚钟,送君聊复坐从容。亦知少驻终成别,毕竟权留胜再逢。黄叶亭空听络纬,白蘋江冷梦芙蓉。倘经回雁峰头过,珍重平安信一封。”此诗亦复情深。

五

宋人绝句有补采者,如:“人老簪花不自羞,花应羞上老人头。醉中扶过平康里,十里珠帘半上钩。”“一百二十四门生,春风初长羽毛成。衰翁渐老儿孙小,他日知谁略有情。”“暮鼓晨钟自击撞,关门欹枕有残缸。白灰拨尽通红火,卧听萧萧雪打窗。”沙软波清山路微,手持笻杖着深衣。白鸥不信忘机久,见我犹穿岸柳飞。”冢上为亭鬼莫嗔,冢头人是冢中人。凭栏莫问兴亡事，除却虚空总是尘。”天一峰前是我家，满床书籍旧生涯。春城恋酒不归去，老却碧桃无限花。”闲把罗衣泣凤凰，先朝曾教舞衣裳。春来却羡庭花落，得逐晴风出苑墙。”

六

每见今人知集中诗缺某体，故晚年必补作此体，以补其数：往往吃力而不讨好。不知唐人：五言工，不必再工七言也；古体工，不必再工近体也；是以得情性之真，而成一家之盛。试观李、杜、韩、苏全集，便见大概。

七

诗有见道之言，如梁元帝之“不疑行舫往，惟看远树来”，庾肩吾之“只认己身往，翻疑彼岸移”：两意相同，俱是悟境。王梵志云：“昔我未生时，冥冥无所知。天公忽生我，生我复何为？无衣使我寒，无食使我饥。还你天公我，还我未生时。”八句是禅家上乘。陈后山云：“美人梳洗时，满头间珠翠。岂知两片云，戴着几村税？”四语是《小雅》正风。

八

吾乡厉太鸿与沈归愚，同在浙江志馆，而诗派不合。余道：厉公七古气弱，非其所长；然近体清妙，至今为浙派者，谁能及之？如：“身披絮帽寒犹薄，才上篮舆趣便生。”压枝梅子多难数，过雨杨花贴地飞。”白日如年娱我老，绿阴似水送春归。”《入都会试途中除夕》云：“荒村已是裁春帖，茅店还闻索酒钱。”“烛为留人迟见跋，鸡防失旦故争先。”皆绝调也。

九

田实发进士咏《晓钟》云：“雨云魂梦初惊后，名利心思未动前。”亦妙。

王荆公行新法，自知民怨沸腾，乃咏《雪》云：“势大直疑埋地尽，功成才见放春回。村农不识仁民意，只望青天万里开。”祖无择笑曰：“待到开时，民成沟中瘠矣！”荆公初召用度支判官，不就；修起居注，不就。赍册吏拜而求之，乃逃于厕。授知制诰，方起。故有人见其《雪》诗而刺之，云："不知落得几多雪，作尽北风无限声。"又，咏《泉》云："流到前溪无一语，在山作得许多声。"余少时读《荆公传》云："寡识不知《周礼》伪，好谀忘却仲尼尊。"

一〇

宋人诗云："梧桐直不甘凋谢，数叶迎风尚有声。"又云："曾经玉貌君王宠，还拟人看似昔时。"此四句，皆为失时者言，恰有余味。

一一

余少年时，最怕早起。国初人有句云："从来甘寝处，最是欲明天。"凡种松者，初往上长，到五六十年后，便不锐上，而枝叶平铺。六朝人有句云："泉高下溜急，松古上枝平。"每见雀斗，必一齐下地。李铁君有句云："斗禽双坠地，交蔓各升篱。"游天台，夜闻雨，自觉败兴；不料早起，而路已干，可游。查他山有句云："梦里似曾听雨过，晓来仍不碍山行。"方知物理人情，无有不被古人说过者。

一二

代人悼亡，最难落笔。然古人有亡于礼者之礼，则自有亡于情者之情。吴兰雪《过竹士瘦吟楼哭纤纤夫人》云："片纸吹来已断肠，青青潘鬓乍成霜。今生文字因缘重，此去人天离别长。三岛旧游云惨绿，一楼残梦月昏黄。罗衣单薄仙风冷，鹤背先愁怯晚凉。"书奁药裹乱成堆，日日题笺傍镜台。一代红妆归间气，九闺彩笔杖仙才。生前手草教亲定，病里心花更怒开。闻说前宵犹强坐，挑灯为和一诗来。"文采谁传绛幔经，寄生小凤乍梳翎。夫人继沈散花女史女风珍为女。床前诗卷抛犹满，画里眉峰惨不青。蝴蝶飘来秋影瘦，水仙梦到夜凉醒。旁人只赏流传句，不管酸心不要听。"

一三

金纤纤女子诗才既佳，而神解尤超。或问曰："当今诗人，推两大家，袁、蒋并称，何以袁诗远至海外，近至闺门，俱喜读之；而能读蒋诗者寥寥？”纤纤曰：“乐有八音；金、石、丝、竹、匏、土、革、木，皆正声也。然人多爱听金、石、丝、竹，而不甚喜听匏、土、革、木。于试操此意，以读两家之诗，则任、沈之是非，即邢、魏之优劣矣。”人以为知言。纤纤又语其郎君竹士云：“圣人曰：‘《诗》三百，一言以蔽之，曰思无邪。’余读袁公诗，取《左传》三字以蔽之曰：‘必以情。’古人云：情长寿亦长。其信然耶？”

一四

诗往往有畸士贱工脱口而出者，如成容若青衣某有诗云：“一杯一杯又一杯，主人醉倒玉山颓。主人大醉卷帘起，招入青山把客陪。”又，芦墟缝人吴鲲有诗云：“小雨阴阴点石苔，见花零落意徘徊。徘徊且自扫花去，花扫不完雨又来。”

一五

吴江严蕊珠女子，年才十八，而聪明绝世，典环簪为束脩，受业门下。余问：“曾读仓山诗否？”曰：“不读不来受业也。他人诗，或有句无篇，或有篇无句。惟先生能兼之。尤爱先生骈体文字。”因朗背《于忠肃庙碑》千余言。余问：“此中典故颇多，汝能知所出处乎？”曰：“能知十之四五。”随即引据某书某史，历历如指掌。且曰：“人但知先生之四六用典，而不知先生之诗用典乎？先生之诗，专主性灵，故运化成语，驱使百家，人习而不察。譬如盐在水中，食者但知盐味，不见有盐也。然非读破万卷、且细心者，不能指其出处。”因又历指数联为证。余为骇然。因思虞仲翔云：“得一知己，死可无恨。”余女弟子虽二十余人，而如蕊珠之博雅，金纤纤之领解，席佩兰之推尊本朝第一：皆闺中之三大知己也。

蕊珠扶其母夫人出见，年六十二岁矣。白发飘萧，呼余为伯父。余愕然。夫人曰：“伯父抱我怀中，赐果，而忘记乎？”询之，乃李玉洲先生之女孙，余尝住其家故也。记抱时夫人才四岁耳。方知人果寿长，便有呼彭祖为小儿之意。满座为之輾然。

一六

圣祖不饮酒，最恶吃烟。南巡，驻跸德州，传旨戒烟。蒋陈锡《往水恭记》云："碧碗水浆潋滟开，肆筵先已戒深杯。瑶池宴罢云屏敞，不许人间烟火来。"

一七

德清蔡石公先生会试，有妓爱而狎之，蔡赋《罗江怨》词以谢云："功名念，风月情，两般事，日营营，几番搅扰心难定。待要倚翠偎红；舍不得黄卷青灯，玉堂金马人钦敬。欲待要附风攀龙；舍不得玉貌花容，芙蓉帐里恩情重。怎能两事兼成：遂功名，又遂恩情，三杯御酒嫦娥共。"后竟中康熙九年状元。其词正而不腐，故录之。

一八

古无自刻文集者，惟五代和凝以其文镂板行世，人多讥之。至今庸夫浅士，多有集行世，殊为可嗤。然素无一面，而为之代刻其诗文以行世者，古未有也。近日满洲赵碌亭佩德侍御，绝无交往，而为我镌《自寿诗》十四首，自以隶、楷二体书之，备极精工；与李调元太史同有嗜痂之癖。二人者，吾没齿不能忘也。至于书之改卷为页，则始于唐，见《万物原始》。不可不知。

一九

周青原侍郎未第时，梦为九天玄女召去，命题公主小像。周有警句云："冰雪消无质，星辰系满头。"玄女爱其奇丽，为周治心疾而醒。

二〇

秦松龄太史咏《鹤》云："高鸣常向月，善舞不迎人。"世祖赏其有身份，即迁学士。

二一

余摘近人五言可爱之句，如费榆村之"水清鱼可数，树来稀”；“苔新初过雨，石古欲生云。”岑振祖《过丹阳》云：“乡心随落雁，帆影过奔牛。”可称巧对。

二二

严小秋丁巳二月十九夜，梦访随园。过小桃源，天暗路滑，满地葛藤，非平日所行之路。不数武，见二碑，苔藓斑然，字不可识。时半钩残月，树丛中隐约有茅屋数间，一灯如豆。急趋就之，隔窗闻一女郎吟曰：“默坐不知寒，但觉春衫薄。偶起放帘钩，梅梢纤月落。”又一女郎吟曰：“瘦骨禁寒恨漏长，勾人肠断月茫茫。伤心怕听旁人说，依旧春风到海棠。”方欲就窗窥之，忽闻犬吠惊觉。此殆女鬼而能诗者耶？

二三

小秋妹婿张卓堂士淮，弱冠，以瘵疾亡。弥留时，执小秋手曰：“子能代理吾诗稿，择数句刻入随园先生《诗话》中，吾虽死犹生也。”余怜其志而哀其命，选其《春雨》云：“雨声淋沥响空庭，酿就轻寒洗尽春。一夜听来眠不得，那禁愁煞惜花人。”《病中》云：“病真空蓄三年艾，梦醒忙温一卷书。”“夜深还累妻煎药，仆懒翻劳客请医。”小秋哭之云：“心高徒陨命，身死不忘名。”小秋妹佩秋润兰亦能诗，赠小秋云：“梅能傲雪香能永，枫不经霜色不红。”哭夫云：“身在众中嫌赘物，心期地下伴亡人。”果不一年，亦以瘵亡。